Lo scandalo Reddington

Renee Rose

Traduzione di
Ema Ferrari

 Formattato con Vellum

OTTIENI IL TUO LIBRO GRATIS!

Iscrivetevi alla newsletter di Renee per ricevere Indomita, scene bonus gratuite e notifiche riguardo a nuove pubblicazioni!

https://subscribepage.com/reneeroseit

Senza titolo

Lo scandalo Reddington

Quando il cognato di Phoebe sorprende il famigerato libertino Lord Fenton a casa sua a tarda notte, mezzo svestito e palesemente intento a fuggire, si infuria. Nel disperato tentativo di evitare spargimenti di sangue, Phoebe afferma di essere l'amante di Lord Fenton, costringendolo così a prenderla in moglie per evitare uno scandalo.

Sapendo bene che un donnaiolo come Teddy Fenton non potrebbe mai rimanere fedele, Phoebe intende resistere al suo fascino piuttosto che innamorarsi. Il suo bel marito rispetta la sua richiesta di matrimonio solo formalmente, ma la sua supremazia coniugale si manifesta in altri modi.

Nota dell'editore: *Lo scandalo Reddington* include sculacciate e scene di sesso. Se questo tipo di contenuti ti offende, ti preghiamo di non acquistare questo libro.

Capitolo uno

Londra, 1835

Phoebe giaceva raggomitolata a letto, leggendo un romanzo alla luce di una lampada. Le ci volle un momento per registrare i rumori che sentiva dalla stanza accanto, quella della sorella.

Era—? Poteva essere—?

Sembrava pelle che schiaffeggiava pelle. Sentì le proteste ridacchianti della sorella e capì, con un sussulto, che il suo amante le stava dando delle sculacciate. Maud aveva portato Lord Fenton, il famigerato libertino, nella sua camera da letto per le ultime notti, per divertirsi con lui mentre Lord Reddington, il suo odioso marito, era fuori città. A giudicare dal rumore, Lord Fenton aveva la meglio su di lei in quel momento.

«Vai a metterti nell'angolo finché non impari a non essere così egoista» lo sentì ordinare. Lei stessa rise quasi, poiché la sorella maggiore era, in effetti, straordinariamente egocentrica. Il fatto che Fenton se ne fosse accorto fece aumentare in lei la stima per lui. Lord Fenton era un bel trofeo per Maud, non che lo avrebbe tenuto a lungo, a giudicare dalla sua fama. Era il trofeo che tutte le donne nubili cercavano invano di ottenere, poiché aveva tutto in un unico pacchetto: era un ragazzo bello, affascinante, ricco, titolato e single. Ma non aveva mai corteggiato nessuna donna idonea al matrimonio, preferendo per il suo intrattenimento apparentemente quelle già sposate o le vedove. Sebbene non lo avrebbe mai ammesso ad anima viva, anche lei si struggeva per lui. Ma nel suo caso, non erano stati i soldi, il fascino o il titolo ad attrarla; piuttosto, una conversazione avvenuta tra lui e la sorella di qualche anno prima. Maud e Reddington avevano tenuto un ballo di Natale e lei si era imbattuta in un affasciante giovane uomo e una bella donna nel corridoio. All'inizio, aveva pensato che potesse trattarsi di una coppia amoreggiante, in cerca di un momento di solitudine, e si era tirata indietro per dare loro un po' di privacy. Poi si era resa conto che la giovane donna stava piangendo.

«Non è niente. È solo che nessuno mi chiede mai di ballare e...»

«Shh, Wynnie. Ecco», aveva detto lui, tirando fuori un fazzoletto. «È solo perché non sbatti le ciglia e non dici cose insipide e non fai giochetti da salotto che possono potenzialmente produrre uno scandalo. E francamente, sono ancora più orgoglioso di te per questo. Se ti comportassi in modo così stupido come quelle signorine là fuori, ti prenderei sulle mie ginocchia.»

«Oh, Teddy» aveva detto lei, chiaramente non dando alcun credito alla sua minaccia. «Cosa ne sai di corteggiamento? Non l'hai mai fatto sul serio.»

«Vieni qui» aveva detto lui, avvolgendola tra le braccia. «So che sei una giovane donna bella e intelligente e quando l'uomo giusto ti troverà, ti riconoscerà come il gioiello che sei. Ora dai, torniamo lì. Ballerò io con te.»

«Ballare con mio fratello non migliorerà le mie prospettive!» esclamò la signorina, ma stava iniziando a ridere ed era chiaro che il fratello le aveva sollevato il morale.

Le aveva messo un braccio intorno alle spalle e l'aveva indirizzata verso il corridoio. «Allora manderò un signore.»

«Per favore, non farlo. Preferirei non subire la tua pietà.»

Phoebe era uscita e li aveva salutati, per paura che si rendessero conto che era stata lì tutto il tempo. «Chi è?» aveva chiesto a Maud quando erano entrati nel corridoio.

«Lord Fenton. Stai lontana da lui, Phoebe. Il suo unico interesse per le donne è quanto velocemente può portarle a letto.»

«No... quel signore laggiù?» aveva chiesto, certa che Maud si sbagliasse.

«Sì, quello bello. È Lord Fenton,» aveva detto sua sorella prima di andarsene.

Phoebe era rimasta a bocca aperta, trovando difficile conciliare la tenera compassione a cui aveva appena assistito con un uomo noto per il suo comportamento scandaloso. Nessun membro della famiglia le aveva mai mostrato il calore e l'affetto che aveva visto tra Fenton e sua sorella. Divenne per lei un'attrazione nei due anni successivi, immaginare che tipo di uomo fosse veramente Lord Fenton e la recente acquisizione dei suoi favori da parte di Maud la rendeva più gelosa di quanto volesse ammettere. Il rumore di una carrozza fuori dalla casa di Londra non attirò la sua particolare attenzione, poiché vivevano in una strada rumorosa, ma quando sentì la porta d'ingresso aprirsi, si sedette di scatto sul letto.

«Maud!» sibilò in direzione della stanza della sorella.

Ma non aveva dubbi che anche la sorella lo avesse sentito, poiché tutte le voci cessarono e lei udì un tonfo come se qualcuno fosse saltato giù dal letto. Perché Reddington era a casa a quell'ora quando non sarebbe dovuto tornare per due notti? Si arrampicò fuori dal suo letto e si gettò una vestaglia sopra la camicia da notte, dirigendosi sul pianerottolo per distrarlo, se necessario. Una cosa era invidiare l'amante di Maud, un'altra era permetterle di essere in serio pericolo a causa del marito.

Lord Fenton scivolò fuori dalla stanza della sorella, con la cravatta slacciata intorno al collo e la giacca e il panciotto tolti. Si mosse con calma efficienza, le dita che annodavano il tessuto alla gola mentre i suoi occhi si spostavano a destra e a sinistra per trovare la via d'uscita migliore. Maud scivolò fuori dietro di lui, tirandosi la vestaglia sulle spalle.

«Da quella parte», sussurrò, indicando le scale della servitù, ma era troppo tardi.

«Cosa sta succedendo?» tuonò Reddington, precipitandosi su per le scale. Aveva una pistola in mano, come se si fosse aspettato di trovare Maud con un amante. «Fenton» ringhiò. «Avrei dovuto capire che eri tu a rubare dal mio letto!»

Phoebe sentì un'ondata di vertigini. Reddington stava per sparare a Fenton, e solo Dio sapeva cosa avrebbe fatto a Maud. Pensando rapidamente, afferrò possessivamente il braccio di Fenton. «Nessuno rubava dal tuo letto, mio signore. Era con me!» ansimò. Reddington spalancò gli occhi e, se possibile, sembrò ancora più arrabbiato. Sapeva che la considerava una proprietà tanto quanto sua sorella. Forse anche di più, dal momento che aveva tentato di imporsi a lei ogni volta che era riuscito a convincerla a restare da soli.

«Tu?» intonò incredulo. «No» scosse la testa. «Non tu.»

«Sì» sussurrò, tremando così forte che le cosce si toccarono di loro spontanea volontà. Fenton dovette sentirlo, perché le avvolse un braccio attorno alla vita e la strinse a sé. Era una sensazione completamente nuova e appagante avere un uomo che la teneva per proteggerla. Se non l'avesse fatto, lo schiaffo di Reddington l'avrebbe sicuramente buttata a terra. La vista le si oscurò mentre il dolore le esplodeva sul lato del viso e un braccio forte la prese e la raddrizzò. Quando le macchie scure davanti ai suoi occhi si schiarirono, vide i due uomini che si agitavano sul pavimento, con Fenton che sembrava avere il vantaggio, nonostante la pistola di Reddington. Colpì il polso di Reddington contro il pavimento, facendo volare via la pistola, e poi si mise a cavalcioni di suo cognato, sbattendogli un pugno in faccia.

Rivendicata dall'aggressione di Fenton a Reddington, considerò le implicazioni di averlo dichiarato suo amante. Reddington l'avrebbe sicuramente cacciata di casa e la sua reputazione sarebbe stata rovinata. Se Fenton non avesse provveduto a lei, e dubitava che un uomo con la sua reputazione da libertino sarebbe stato così scrupoloso, la sua vita ora non avrebbe avuto più alcun valore. Afferrò la pistola e la puntò contro i due uomini.

«Smettetela! Entrambi.» Nessuno dei due ascoltò. Si lanciò in avanti, agitando la canna della pistola tra le loro teste in modo che la vedessero. «Smettetela o sparo a entrambi!» Le mani le tremavano così violentemente che temette di poter sparare accidentalmente con la pesante arma da fuoco. Fenton si alzò lentamente dalla sua posizione accovacciata, con i palmi rivolti verso l'esterno. «Calma, tesoro. Dammi la pistola» la calmò, tendendole la mano. Quando lei non si mosse, allungò la mano e afferrò la canna della pistola, tirandola delicatamente. All'inizio resistette, poi gli permise di sfilargliela dalla presa sudata, sorpresa di ritrovarsi attratta contro di lui in un altro abbraccio piacevole.

«Esigo vendetta» sbuffò Reddington. Si era anche raddrizzato e ora era in piedi, con la faccia rossa e gli occhi sporgenti.

«Mi sposerà» si sentì dire, con la voce che suonava tremante e lontana. Era la sua unica possibilità. Non gli avrebbe chiesto nulla, solo il suo nome, ma senza quello, era completamente rovinata. Osò lanciare un'occhiata a Fenton, che doveva sicuramente essere inorridito al pensiero di sposare qualcuno che non conosceva nemmeno.

Incontrò il suo sguardo e lo sostenne. Non c'era paura o rabbia in quello sguardo. In effetti, vi trovò solo compassione, che le ricordava il modo in cui si era comportato con la sorella.

«Sì. Giusto. Ho intenzione di sposarla» disse, cogliendo il suo spunto.

Deglutì, incapace di distogliere lo sguardo dai caldi occhi castani fissi sui suoi. «Ho intenzione di affiggere le pubblicazioni domani.»

Poteva percepire l'espressione inorridita di Maud e si rese conto che il titolo di Lady Fenton era ambito da quasi tutte le donne di Londra, single, sposate o vedove, sia per la ricchezza che per l'uomo che ne derivava, anche se non aveva pensato a niente di tutto ciò quando gli aveva forzato la mano. Poteva vedere Maud ribollire di gelosia e, perversamente, la cosa la rincuorò. Per una volta nella sua vita, avrebbe avuto qualcosa che Maud non aveva. Ma più di questo, più di ogni altra cosa, desiderava andarsene dalla casa di Reddington, per sempre. Di sicuro il matrimonio con Lord Fenton non poteva essere peggiore di quello che aveva sofferto lì.

«Ne dubito sinceramente,» sogghignò Reddington.

«Oh?» Fenton le rivolse un sorriso malizioso e la scioccò con un bacio in piena bocca, tirandole la vita contro il corpo in modo che si inarcasse contro di lui. Non essendo mai stata baciata prima, si bloccò, poi si ricordò di fare spettacolo e gli mise un braccio dietro il collo.

Le sue labbra erano sorprendentemente morbide per essere quelle di un uomo e si aprirono, si riposizionarono e si baciarono una seconda volta da un'angolazione diversa. Il suo bacio era sicuro, raffinato. Era un uomo che aveva baciato mille donne, probabilmente, ma per quell'unico momento, lei finse che fosse solo per lei. Inspirò il suo profumo: sapone speziato e lana, con un tocco del profumo di Maud sui bordi.

«Basta!» esplose Reddington e Fenton scostò la testa con un sorrisetto soddisfatto, sottolineando ciò che lei già sapeva: che il bacio era a beneficio di Reddington, non suo. Ma lui la teneva ancora possessivamente contro il suo corpo, il muscolo sodo della sua coscia che incontrava il suo ventre, la sua protezione che le dava forza.

Fenton sollevò la pistola con un braccio graziosamente dritto e la puntò fermamente alla testa di Reddington, facendo sì che l'uomo si immobilizzasse. «Se la tocchi di nuovo mentre è sotto questo tetto, in qualsiasi modo, ti ucciderò.» Lei stava per svenire. Il labbro di Reddington si arricciò in un ringhio, ma non rispose.

«È una promessa.»

* * *

Teddy portò con sé la pistola di Lord Reddington quando se ne andò, non perché ne avesse il diritto, ma perché non si fidava di quell'uomo con un'arma in mano. Reddington era stato furioso quando aveva colpito la sorella minore di Maud e lo faceva sentire disagio lasciarla con lui. In effetti, si era chiesto se non potesse fare qualche mossa con il magistrato per farla sposare senza i tempi delle pubblicazioni. Era stata incredibilmente coraggioso da parte sua assumersi la responsabilità della sua cattiva azione e di quella della sorella. Gli aveva salvato la vita, forse anche quella di Maud. Sebbene non avesse mai avuto intenzione di sposarsi (ne aveva visto la follia attraverso la miserabile unione dei suoi genitori), si rese conto della necessità di offrire la mano alla sua piccola salvatrice. Non aveva intenzione di rovinare la reputazione di una giovane donna innocente. A casa, il suo cameriere lo aiutò a spogliarsi e lui si arrampicò sul letto, pensando alla sua giovane sposa. Non sapeva nemmeno il suo nome. Era adorabile, persino più adorabile di sua sorella. Aveva gli stessi capelli biondi ondulati, che le ricadevano sulle spalle come un mantello di seta pallida. Gli occhi erano grandi e di una tonalità di blu diversa da quelli di Maud: fiordaliso, con i bordi viola. C'era dell'intelligenza lì, non il tipo di intelligenza calcolatrice della sorella, ma piuttosto, un tipo innocente e ultraterreno. Aveva tirato fuori il protettore che era in lui, che non era un ruolo che interpretava spesso con le donne.

Mandò un messaggio al magistrato per prima cosa al mattino e si sedette a fare colazione con Wynn, la sorella minore.

«Buongiorno» disse allegramente. Non fece commenti sull'ora tarda in cui era arrivato a casa, ormai abituata alle sue abitudini.

«Beh, sono felice di informarti che presto avrai una sorella con cui andare a fare acquisti di vestiti.»

«Cosa?» esclamò Wynn, il viso illuminato. «Chi? Aspetta...» Il suo sguardo di gioia si trasformò in uno di confusione quando si rese conto che lui non aveva corteggiato nessuno, a meno che non si contassero le donne sposate con cui si intratteneva. «Cosa sta succedendo?»

«Ho fatto una cosa terribile, Wynnie» ammise, anche se il suo tono era rimasto allegro.

Il suo viso si fece serio. «È incinta? È sposata? Chi è?»

«È peggio di così, in realtà.» Guardò il viso ansioso di Wynn, rendendosi conto di quanto avrebbe fatto affidamento sul suo sostegno per mettere a suo agio sua moglie. Sarebbe stata un'inversione di ruoli per loro. Di sei anni più grande di lei, era stato il suo tutore e accompagnatore quando lei veniva per le stagioni londinesi. Ma il matrimonio... il matrimonio era qualcosa che non era sicuro di essere in grado di gestire da solo. Fu improvvisamente grato che lei fosse lì con lui, per aiutarlo ad alleviare l'imbarazzo di portare a casa una sposa che non conosceva.

«Non sono mai stato con lei. Onestamente non so nemmeno il suo nome.» Wynn posò la forchetta, gli occhi spalancati. «È uno scherzo? Cosa è successo, Teddy? Dimmelo, prima che impazzisca!»

«Ti ricordi che ho visto Lady Reddington?» Al suo cenno di assenso, lui continuò: «Beh, ieri sera ho assistito a uno sfortunato incidente a casa sua. Lord Reddington mi ha scoperto lì.»

«Teddy, no!» ansimò.

«Sì. Stava agitando una pistola e sembrava pronto a uccidermi sul posto.»

«Oh, Teddy!» La sua voce aveva un tono di rimprovero del tipo "te l'avevo detto."

«Ma guarda caso, la sorella minore di Lady Reddington era anche lei sul pianerottolo dove ci ha scoperti, e anche lei in vestaglia. Ci ha salvati entrambi giurando che ero stato con lei, invece.»

«Capisco. Quindi ora devi sposarla» disse Wynn dolcemente, il viso pallido e serio. «Certo.»

«Signorina Fletcher. Phoebe Fletcher è il suo nome. L'ho incontrata una volta. Ha debuttato, ma raramente partecipa a qualche ballo: la mia impressione è che Lady Reddington non sia troppo ansiosa di condividere l'attenzione.»

«Phoebe» disse, godendosi il modo in cui il nome gli rotolava sulla lingua. Le stava bene. «Sì, supera di gran lunga la sorella in bellezza, non è vero?» chiese.

Wynn socchiuse gli occhi. «Forse imparerai ad amarla?» chiese dubbiosa. Sapeva che aveva ereditato l'occhio errante del padre, mai contento di una donna per più di qualche mese. Era il motivo per cui non si era mai sposato: non credeva di poter essere fedele a una sola donna e non avrebbe mai fatto passare a una donna la vita che aveva condotto la madre.

Un senso di colpa gli strinse il petto. «Forse lei imparerà ad amare me» disse con leggerezza, per nasconderlo.

«Ti amano tutti, non è questo il problema, vero?» disse Wynn seccamente.

Si strofinò le basette. «Farò del mio meglio per renderla felice.»

Wynn annuì e riprese la forchetta, poi si bloccò. «Teddy... non pensi che l'abbiano pianificato, vero? Voglio dire, che ti abbiano ingannato per farti sposare Phoebe? Forse erano tutti e tre coinvolti, insieme, la fortuna dei Fenton è ambita da più di qualcuno.»

Ci pensò, poi scosse la testa. «No» disse, ricordando il feroce attacco di Reddington a Phoebe e il modo in cui la giovane donna aveva tremato contro il suo corpo. «No, era vero.»

Si alzò dal tavolo. «Vado a vedere se riesco a portarla a casa oggi.»

«Oggi? Prima del matrimonio? Ma non è appropriato, Teddy!»

«La sposerò dal magistrato, se posso.»

«Ma Teddy, sarà uno scandalo!»

«Lo scandalo mi ha sempre perseguitato, non è vero?» disse con un sorriso ironico. Quando lei aggrottò la fronte, disse: «Non si può evitare, Wynn. Un matrimonio frettoloso è un matrimonio frettoloso, ma almeno non ci sarà una gravidanza a causare pettegolezzi.»

«Beh, allora vengo anch'io» dichiarò Wynn sollevando il mento.

Sorrise riconoscente. «Certo che sì.»

Quando ricevette una risposta affermativa dal magistrato, lui e Wynn presero la carrozza per andare dai Reddington. Si aspettava quasi che il maggiordomo li mandasse via, ma furono ammessi e Lady Reddington e Miss Fletcher entrarono. Fu nuovamente colpito dalla bellezza della giovane donna. Era squisita, la sua carnagione impeccabile, i lineamenti perfettamente modellati e proporzionati. I suoi occhi sembravano quasi viola. Fece un inchino, offrendogli inavvertitamente la vista allettante della sua scollatura. Maud si mise proprio di fronte alla sorella, porgendogli la mano. «Lord Fenton» esclamò con entusiasmo. «Che gentile da parte tua passare.»

Si fermò prima di prenderle la mano, chiedendosi come avesse potuto sopportare quella donna maleducata. Se aveva avuto qualche dubbio che le sorelle avessero cospirato insieme per questo matrimonio, ora era svanito. Maud era chiaramente gelosa piuttosto che grata alla sorella per aver rischiato tutto il suo futuro per impedire a Reddington di scoprire la sua infedeltà.

Lasciò cadere la mano di Maud e guardò oltre di lei. «Phoebe, sono venuto a portarti dal magistrato oggi, a meno che tu non abbia cambiato idea.»

Phoebe si riprese rapidamente dalla sorpresa. «Non ho cambiato idea. Vado a fare le valigie.»

«Non farai le valigie» tagliò corto Reddington da dove incombeva sulla porta. «Niente di ciò che hai acquisito sotto la mia tutela.»

La mascella di Phoebe si serrò, ma fece un inchino. «Come desideri, mio signore.»

«Non preoccuparti, Phoebe. Posso fornirti tutto ciò che desideri» disse, lanciando uno sguardo di sfida a Reddington, che socchiuse gli occhi.

«Grazie, mio signore» disse Phoebe con un profondo inchino. «Torno subito.» Si raddrizzò per passare davanti al cognato.

Ci volle una buona mezz'ora prima che Phoebe tornasse, con la sua cameriera che portava dietro di sé alcune piccole borse, che sembravano per lo più libri.

«Sono pronta» disse, con il viso pallido e tirato. Maud fece finta di piangere mentre la baciava per salutarla, ma lui notò che Phoebe non versò lacrime, anche se non sembrava felice.

Quando salirono in carrozza, lui le prese la manina guantata. «È stata una cosa molto galante quella che hai fatto ieri sera. È molto probabile che tu mi abbia salvato la vita.»

* * *

Phoebe abbassò la testa, sentendo un rossore salirle sul petto e diffondersi al collo. Non le venne in mente nessuna risposta adatta. Fenton le mise un dito sotto il mento e le voltò il viso di lato, esaminando il livido lasciato dove Reddington l'aveva colpita. Il suo ventre si contrasse mentre il viso si oscurava, ma non disse nulla, invece alleggerì l'atmosfera scherzando: «Hai dimenticato che è il cavaliere che salva la damigella in pericolo, e non il contrario?» Le rivolse un sorriso di sbieco. «Sono completamente mortificato» affermò, anche se dubitava che fosse mai stato mortificato da qualcosa in tutta questa vita. Era l'uomo più sicuro di sé e arrogante che avesse mai incontrato, un fatto che sfortunatamente trovava estremamente attraente.

Fece un respiro profondo per iniziare il discorso che aveva provato tutta la mattina. «Mio signore. Grazie per aver accettato di sposarmi. Considerando che è un matrimonio che nessuno di noi due voleva o intendeva, ho una proposta da fare.»

Lui inarcò le sopracciglia, non permettendole di liberare la mano dalla sua presa quando ci provò.

«Io... ehm... È risaputo che hai una... ehm...» Si fermò, arrossendo. Non era così che aveva provato. Per qualche ragione, non aveva più parole. Fenton le rivolse il palmo della mano verso l'alto e lo massaggiò distrattamente con i pollici, disperdendo i suoi pensieri e inviandole una sensazione di calore sulla pelle. La signorina Fenton guardò fuori dal finestrino della carrozza, come per dare loro un po' di privacy.

«Puoi parlare francamente, signorina Fletcher» la incitò.

«So che vedi un sacco di donne» sbottò, imprecando dentro di sé per come tre anni di fascino da studente di liceo sembravano averla lasciata. «E non voglio impedirti di fare le tue... ehm, attività. Quindi ti propongo un matrimonio solo di facciata, con camere da letto separate, sai.» Aveva le guance in fiamme ora, ma Fenton sembrava completamente imperturbabile.

«Se questo è il tuo desiderio, lo accetterò» disse con disinvoltura. «Hai sacrificato la tua libertà per garantire la mia sicurezza. Ti sono debitore, colombella.»

La sua gratitudine fu una sorpresa e lei sollevò gli occhi per incrociarne lo sguardo. «Ho intenzione di darti la migliore vita possibile.»

Lo fissò, dubitando che fosse sincero. Questo doveva essere parte del suo fascino. Non poteva essere sincero, perché nella sua esperienza, le persone non si prendevano cura della vita di nessuno se non della propria. Sbatté rapidamente le palpebre, incerta su come rispondere e lui le sollevò la mano alle labbra, baciandole le dita e provocando un tremito tra le gambe. *Santo cielo.* Ricordò la conversazione ascoltata di sfuggita con sua sorella, un'ombra di confusione si insinuò nella sua mente. Poteva essere che Fenton non fosse superficiale ed egocentrico come la maggior parte delle persone credeva? O era così esperto con il suo fascino che tali rassicurazioni gli uscivano semplicemente dalla lingua?

* * *

Dopo essersi sposato davanti al magistrato, portò le signore a prendere il tè in un piccolo bar e poi al Bond Street Bazaar per acquistare il corredo di Phoebe. Si fermarono prima per guanti e calze, dove prese parte attiva alla discussione con le signore su quali fossero i migliori.

«Non hai voce in capitolo, Teddy, anche se sei un dandy» lo rimproverò Wynn.

«Certamente sì. Li sto comprando io e li indosserà mia

moglie, quindi penso di avere ancora più voce in capitolo di te, cara sorella.» Sollevò un bellissimo paio di calze di seta rosa per fargliele esaminare.

«Oh!» esclamò Wynn al colore.

«Non sapevo che le facessero colorate» sussurrò Phoebe, l'espressione di desiderio sul suo viso gli fece desiderare di comprarne cento paia.

Diede un'occhiata di valutazione alle sue lunghe gambe, immaginandole scoperte davanti a lui. Lei colse il suo sguardo e diventò di una tinta simile alle calze, il che non fece che aumentare il calore sotto il colletto. Apprezzandone il rossore, lui sorrise lentamente, sostenendo il suo sguardo azzurro e osservando il rapido movimento dei seni sollevati mentre lei si sforzava di respirare. Le sue labbra a bocciolo di rosa si dischiusero, ma non ne uscì alcun suono. Aspettò un momento prima di avere pietà e liberarla dallo sguardo. Diventò ancora più rossa, sbattendo rapidamente le palpebre mentre si tirava su e raddrizzava le spalle.

«Ne prenderemo due paia» disse al venditore, sollevando le calze rosa, «e qualsiasi paio di guanti scelga la signora.»

Continuò a tormentare la sua giovane sposa, insistendo per scegliere il suo cappello dal modista e il colore del suo abito da ballo (un viola intenso, per far risaltare gli occhi), facendo finta di valutare i suoi lineamenti per la scelta migliore. Per quanto la mettesse a disagio, si rendeva conto che stava diventando euforica per la grande quantità di denaro che stava spendendo per lei, il che confermava il sospetto che Reddington non le avesse concesso molta libertà. La parte migliore del pomeriggio fu vedere il modo in cui il suo viso si illuminò quando portò le signore da Lackington Allen & Co a Finsbury Square. Era una grande libreria a più piani, piena di ogni genere di libro immaginabile.

«I libri qui sono piuttosto convenienti, quindi scegline quanti ne vuoi» le disse.

Rimase a bocca aperta mentre il suo viso si illuminava di estasi. «Quanti ne voglio? Li comprerai? Per possederli? Voglio dire, non è una biblioteca con abbonamento?»

Sorrise per la sua eccitazione. «Li comprerò. Lascia solo che li veda prima, perché Wynn e io abbiamo già accumulato una grande collezione a casa.»

Lei sorrise. Era il primo sorriso genuino che le vedeva, e gli causò una sensazione snervante al centro del petto, un curioso svolazzare, insieme a un calore e un senso di espansione. Non era la bellezza del sorriso in sé, che era certamente adorabile, ma piuttosto la gioia che c'era dietro, come se gli fosse stato concesso di dare un'occhiata dentro la sua anima, dove nascondeva una passione più luminosa del sole.

Dolce Phoebe.

E ora apparteneva a lui. Era un pensiero sbalorditivo, uno che non avrebbe mai pensato di apprezzare.

Inizialmente aveva pensato che la sua proposta di matrimonio solo di facciata fosse l'ideale. Avrebbe fatto attenzione a non metterla in imbarazzo con pettegolezzi sulle sue amanti, e lei non avrebbe potuto essere ferita quando le avesse dato il suo esplicito permesso. Si sarebbero sentiti a loro agio l'uno con l'altra in modo platonico, proprio come era successo con sua sorella o con la sua amica d'infanzia, Kitty Westerfield. Ora, però, l'idea lo irritava. Per quanto ci provasse, non riusciva a mettere Phoebe nella stessa categoria di Kitty e Wynn. La voleva nella sua camera da letto, per sentire il tocco della sua pelle vellutata sotto le mani, la pendenza della sua spalla sotto le labbra, la curva della sua vita sotto le sue mani. Voleva quel sorriso brillante nella sua camera da letto, rivolto a lui ogni sera. Dopo una cena tardiva a casa quella sera, entrò nella stanza con un sospiro, togliendosi giacca e panciotto e congedando il suo cameriere. Doveva affrontare la fastidiosa questione della consumazione. Che avessero intenzione di tenere camere da letto separate o meno, un matrimonio non era legale finché la coppia non si fosse coricata come marito e moglie. E per quanto bella trovasse la sua sposa, aveva una regola ferrea contro il portare una donna riluttante a letto. In effetti, non c'era niente di più sgradevole per lui.

Bussò leggermente alla porta comunicante, non aspettò una risposta prima di spingerla. L'espressione di paura sul suo viso mentre si girava di scatto lo addolorò, ma entrò con noncuranza, come se fossero perfettamente a loro agio l'uno con l'altra. Indossava la stessa camicia da notte che aveva indossato la sera prima, ma questa volta senza vestaglia, e lui poteva vedere la curva dei suoi seni, che si muoveva sotto il lino sottile.

«Vieni, mogliettina» disse, tendendo il braccio. Quando lei non si mosse, fece un passo e le prese la mano, tirandola delicatamente verso il letto dove si sedette e se la tirò sulle ginocchia. Le avvolse un braccio intorno alla vita e appoggiò l'altro sulla sua coscia. Lei sedeva rigida, con le dita intrecciate in un groviglio ansioso. Le coprì le mani, immobilizzandole. Lei aveva un odore fresco e pulito con un accenno di rose e lui ebbe la sensazione che gli calzasse perfettamente in grembo: le gambe della lunghezza giusta per raggiungere il pavimento con i piedi, il sedere morbido e largo abbastanza da appoggiarsi saldamente sulla sua coscia.

«Avevi intenzione di esercitare i tuoi diritti coniugali» cominciò senza fiato, «dopotutto?» Sbatté rapidamente le palpebre e sembrò trattenere il respiro. La sua voce non aveva traccia del tono acuto della giovinezza: era ricca e gutturale, in qualche modo dolce e mondana allo stesso tempo.

«Beh, è per questo che sono qui. Ma non ho intenzione di fare nulla contro i tuoi desideri» le assicurò.

Ricominciò a respirare, muovendo lo sterno su e giù a brevi intervalli.

Lui raccolse una delle onde bionde che le erano cadute sulla spalla e la fece roteare tra le dita. Era sottile come seta filata, molto più morbida di quanto avesse immaginato. «Quello che mi chiedo è se dovremmo giacere insieme, solo una volta, per consumare il matrimonio.»

La sua innocenza si vedeva nel suo rossore, ma le punte dei capezzoli sporgevano da sotto la camicia da notte, facendogli trattenere il respiro. Lui ritrasse la mano dai suoi capelli, per paura di essere tentato di accarezzare ciò che giaceva sotto e spostò il peso sul letto per alleviare il disagio del suo cazzo che si stava rapidamente indurendo.

Lei deglutì e aprì le labbra, ma non uscì alcuna risposta.

«Se non lo facciamo, ci lasciamo la possibilità di annullarlo più tardi, se uno di noi lo desidera.» Incrociò il suo sguardo per la prima volta, spalancandosi.

«Lo desideri?»

Lui sorrise. «Cosa? Giacere con te o annullare il matrimonio?»

La battuta alleviò un po' la sua rigidità e socchiuse gli occhi. «Conoscendo la tua reputazione, probabilmente desideri entrambe le cose.»

Lui gettò indietro la testa e rise, felice di vedere il ritorno del coraggio che aveva intravisto la sera prima.

Lei si addolcì ulteriormente alla sua risata.

«Sono abbastanza sicuro che mi piacerebbe la prima, anche se non ho più profanato un'innocente da quando ero un uomo molto più giovane.»

«In effetti, tutti sanno che preferisci le donne sposate.»

Le sorrise. «Sì, eppure questa è la prima volta che mi trovo di fronte a una donna che è entrambe le cose.»

Agitata, cercò di alzarsi. Lui le strinse la vita e la tenne stretta. «Dove pensi di andare, colombella? Non abbiamo ancora finito di parlare. Non ti costringerò a letto, ma ora sei mia moglie, quindi devi badare a me. Non ho scrupoli a mettere una donna sulle mie ginocchia.» In effetti, l'idea di girare la sua bella moglie sulle ginocchia gli fece battere il cuore in modo irregolare per un momento.

Si irrigidì e lo fissò come per valutare se stesse dicendo sul serio. Lui sollevò un angolo della bocca e lei sbuffò e sorrise. Sollevando la mano, gli scostò una ciocca di capelli dagli occhi e per un momento lui si sentì davvero un uomo sposato, intravedendo cosa si provava a ricevere semplici attenzioni da una moglie, come farsi raddrizzare il colletto o scostare i capelli dal viso. L'idea lo sorprese con un senso di desiderio per qualcosa che non sapeva di essersi perso.

«Cosa ti aspetti da me come moglie?» chiese dolcemente.

«Il tuo amore e la tua devozione assoluti» disse immediatamente, suscitando una risata bassa dalle sue labbra. Le accarezzò la coscia e la schiena, ammirando i muscoli sodi della gamba elegante e ignorando l'irrigidimento provocato dal suo tocco. «Sì, parliamo delle mie aspettative. Prima di tutto, devi sempre sembrare felice di stare con me, non importa cosa tu possa realmente provare. E voglio che tu sia sempre vestita all'ultima moda, con le scarpe più costose. Dovresti essere una degna accompagnatrice per Wynn, e mi aspetto che tu le trovi un marito entro la fine della stagione, e... vediamo... cos'altro fanno le mogli?»

Rise.

Le toccò la guancia. «Ti dirò cosa mi aspetto da te,

colombella. Devi parlare francamente con me se vogliamo in qualche modo trarre il meglio da questa situazione piuttosto... insolita. Per quanto io adori i tuoi rossori e gli occhi bassi, preferirei di gran lunga che fossimo a nostro agio e onesti l'uno con l'altra. Non posso renderti felice se non ti capisco, e preferirei non fare supposizioni che potrebbero essere sbagliate. Quindi la mia domanda per te ora è: desideri o non desideri consumare questo matrimonio?»

Il petto di Phoebe si sollevò, le punte dei capezzoli sporgevano ancora di più e il calore gli inumidì i pantaloni nel punto in cui era seduta sulla sua gamba.

Ma le sue ginocchia si unirono di scatto e le natiche si strinsero sul suo ginocchio. «Non lo desidero.»

Capitolo due

Una fuga per un pelo.

Come diavolo poteva vivere con l'affascinante Lord Fenton, *come sua moglie,* e non cedere alle sue avances? Il modo semplice in cui la gestiva, il modo in cui la teneva prigioniera sulle ginocchia, non liberandola finché non lo desiderava, era stato dominante, ma non controllante. Così diverso dal modo in cui Reddington si era ripetutamente imposto a lei. Rabbrividì.

Salì sul letto, sentendo ancora il calore che aveva incitato nel suo intimo. Come sarebbe stato giacere con un uomo come lui? Con un'irrazionale fiammata di gelosia, pensò a sua sorella e ai rumori che aveva sentito dalla sua stanza. Sembrava proprio che le fosse piaciuto. Ma non poteva, anche se fosse stata disposta a dare il suo cuore a un libertino senza scrupoli, non riusciva a... rabbrividì. Non dopo Reddington.

I due giorni successivi li trascorse a conoscere Wynn, con cui trovò un rapporto immediato. Aveva trascorso i tre anni successivi al prematuro incidente in carrozza dei suoi genitori (che li aveva portati alla morte) in una scuola di perfezionamento finanziata da Reddington. Sebbene avesse diciannove anni, ben oltre il suo "debutto", lui le aveva impedito di partecipare a molte occasioni mondane in cui avrebbe potuto avere l'opportunità di incontrare un marito, molto probabilmente per tenerla per sé e usarla per il suo disgustoso uso personale. Aveva avuto pochi contatti sociali a parte Maud e i suoi interlocutori da quando aveva finito la scuola e le loro conversazioni erano consistite esclusivamente in pettegolezzi. Con Wynn, aveva trovato un'amica con cui discutere dei suoi argomenti preferiti, poesia e letteratura, e anche darle i dettagli delle notizie della London Society. La migliore amica di Wynn, Lady Westerfield, venne a trovarla il secondo pomeriggio e lei si ritrovò nervosa, ricordando le chiacchiere sulla "storia Westerfield" che sembravano aver coinvolto Lord Fenton. Erano stati amanti? Cosa avrebbe pensato di lei la signora? «Le ho mandato un biglietto invitandola a venire a conoscere la nuova Lady Fenton, ma questo è tutto, quindi sarà ansiosa di conoscere i dettagli» disse Wynn mentre camminavano verso il soggiorno.

Il cuore le sprofondò nello stomaco e si sentì come se Wynn la stesse gettando in pasto ai leoni. Si aspettava che raccontasse il suo scandalo a Lady Westerfield?

«Ciao, cara Kitty!» esclamò Wynn quando entrarono, baciando la bella amica sulla guancia. «Ti presento la nuova Lady Fenton!» Tese la mano verso Phoebe, con gli occhi che danzavano di malizia.

Lady Westerfield era adorabile, sembrava avere più o meno la stessa età sua e di Wynn. La pancia le sporgeva per la gravidanza: Phoebe pensò che dovesse essere al quarto o quinto mese. Fece un inchino, sentendosi nervosa. «Phoebe» disse.

«Chiamami Kitty.» Kitty guardò da Wynn a lei con

un'aria fiduciosa. «Beh», la incitò. «Mi racconterai come è successo?»

«Vieni, siediti» disse Wynn, indicando il divano e le sedie.

«Beh, ho sposato Lord Fenton giovedì» si ritrovò a dire Phoebe in modo insensato.

«Oh, mi dispiace tanto per te!» disse Kitty. Quando lei sbatté solo le palpebre in risposta, Kitty continuò: «Perdonami, ti sto solo prendendo in giro. Siamo amiche d'infanzia e a volte ci comportiamo ancora come sorelle litigiose.»

Come sorelle. Una parte di lei si rallegrò nel sentire quelle parole. «Allora, è stato per amore o per qualche altro accordo?» chiese Kitty, e la sua schiettezza sorprese Phoebe. Ma il suo sorriso era così caldo e coinvolgente che non poté offendersi.

«Qualche altro accordo» ammise.

«Oh, diglielo, ci si può fidare completamente di Kitty» disse Wynn. «Se non glielo dirai tu, lo farò io.»

«Sì, forse dovresti» borbottò.

«Molto bene» iniziò Wynn e si lanciò nel racconto. Phoebe si divertì ad ascoltarlo dal punto di vista di Wynn, trovando la sua storia riformulata come una storia di coraggio ed eroismo, piuttosto che una bugia avventata seguita da un'opportunità di cogliere l'occasione per uscire dalla custodia del cognato. Wynn concluse dichiarando che Phoebe aveva già informato Teddy che si sarebbe trattato di un matrimonio solo di facciata.

Kitty la guardò con uno sguardo intelligente. «E questo risolve efficacemente il problema della discutibile capacità di essere fedele di Teddy.»

«Sì» disse Wynn. Sentir parlare con tanta franchezza del suo matrimonio e dei suoi problemi era come farsi aprire la cavità toracica per scoprire i suoi organi. Ancora peggio era vedere le donne più vicine a Fenton confermare che non poteva considerare sacro un voto matrimoniale. Si rese conto, da qualche parte nella sua mente, di aver nutrito una piccola speranza che forse un giorno potesse svilupparsi tra loro due un vero matrimonio.

Quando Fenton tornò a casa dal Parlamento, Lady Westerfield era ancora lì, le signore avevano trascorso l'intero pomeriggio a chiacchierare e prendere il tè.

«Ah, le mie tre signore preferite» esclamò Fenton. «Spero che non abbiate intrattenuto la mia nuova sposa con storie sul mio comportamento riprovevole.»

Lo disse con leggerezza, ma qualcosa doveva essersi visto sul suo viso, perché aggiunse: «Vedo che lo avete fatto.» Attraversò la stanza e si sedette sulla poltrona vicino al focolare, con le gambe distese casualmente, con un'aria disinvolta come sempre. «Probabilmente è tutto vero, colombella, e mi dispiace.»

Stranamente, sembrava sinceramente dispiaciuto, come se il suo comportamento fosse una piaga che non poteva evitare.

«Non le abbiamo detto nulla» ribatté Lady Westerfield. «Ma faresti meglio a trattarla bene, perché la tua povera signora dovrà passare il resto della sua vita a sopportare la tua compagnia.»

Ammiccò con il suo devastante sorrisetto, ma qualcosa nei suoi occhi sembrava lontano. «Sono sicuro che troveremo un accordo che le vada bene» disse, volgendo lo sguardo su di lei e indugiando speculativamente finché non sentì la sua pelle formicolare di calore.

* * *

«Come mai non ti ho mai incontrata prima?» chiese a Phoebe durante la cena.

«Ci siamo incontrati una volta» disse, improvvisamente timida. «A casa di Lord Reddington, a un ballo di Natale. Vi ho incontrati tutti e due nel corridoio.»

«Oh!» esclamò Wynn, coprendosi la bocca, e lui ricordò quel momento. Erano passati due anni, la prima stagione londinese di Wynn, e nessuno le aveva chiesto di ballare. Vedendo che era turbata, l'aveva condotta nel corridoio dove era scoppiata a piangere. L'aveva confortata, offrendole la spalla e poi un fazzoletto, e infine l'aveva presa in giro e lusingata fino a farla sorridere. Fino a quel momento aveva dimenticato che una bella signorina era passata di lì e aveva chiesto se potesse aiutarli. Doveva essere stata Phoebe.

«Me lo ricordo perché era il mio primo ballo, e avevo anche io voglia di piangere» confessò, lanciando a Wynn uno sguardo compassionevole. «E avrei voluto avere un fratello maggiore che mi dicesse che tutti gli uomini erano arguti.» Le due donne risero e lui vide una sfumatura di rosa sulle guance di Phoebe. Lo trovava attraente? Il modo in cui gli lanciò un'occhiata furtiva da sotto le ciglia gli diceva di sì. E sebbene rossori e ciglia svolazzanti fossero piuttosto comuni in sua presenza - li trovava insipidi - in questo caso il suo sangue ribollì. Era piena di contraddizioni: un momento padrona di sé, intelligente e matura; quello dopo, completamente innocente. Lui si sentiva protettivo nei confronti della sua innocenza, ma allo stesso tempo voleva liberare la donna che intravedeva sotto di essa.

«E perché non ti abbiamo più vista da allora?» chiese.

Spostò lo sguardo oltre di lui, verso il muro dietro la sua testa, come se stesse ricordando qualcosa di spiacevole.

«Dicci la verità, colombella» la pungolò. «Maud ti ha tenuta rinchiusa?»

La sua attenzione si posò su di lui per la sorpresa. «Cosa te lo fa dire?»

«È stata una valutazione di Wynn, in realtà, ma abbiamo pensato che non le sarebbe piaciuto che tu la oscurassi.»

Phoebe si lasciò scappare una risatina e poi un'altra.

«È vero, giusto?» chiese Wynn.

Phoebe si strinse la vita, il corsetto era troppo stretto per permetterle di ridere. «Non lo so, forse!» esclamò, asciugandosi le lacrime dagli occhi. «Penso che forse avete ragione.» Si sforzò di riacquistare la calma. «Perdonatemi, non so cosa mi sia preso. È stata una tale sorpresa sentire il vostro punto di vista sulla questione.» Il piatto di Teddy era stato sparecchiato dai servitori e lui appoggiò il mento sulla mano, godendosi l'allegria di Phoebe.

«E Lord Reddington?»

Il sorriso di Phoebe svanì e sembrò quasi star male. «L-Lord Reddington?»

«Ti ha trattata male?»

Sembrava che facesse fatica a deglutire, il suo viso stava diventando pallido. «Sai» disse, alzandosi di scatto, il che fece sì che Teddy si rimettesse in piedi. «Penso che mi piacerebbe fare un bagno prima di andare a letto. Pensi che darebbe troppo fastidio ai servitori?»

«Certamente no» disse, tornando alla formalità con un leggero inchino. «Li manderò subito.»

Fece un inchino. «Grazie, mio signore» disse e uscì dalla stanza.

Sollevò un sopracciglio verso Wynn, che spalancò gli occhi mentre annuiva, i fratelli non avevano bisogno di parole per riconoscere ciò che avevano appena visto.

Si ritirò nella sua stanza, cercando di immaginare come fosse stata la vita di Phoebe con Lord Reddington. Aveva pagato per farle frequentare la scuola di perfezionamento per diversi anni, quindi non era stata completamente disagiata. Eppure, non le era nemmeno stato permesso di uscire molto in società, il che era strano per una giovane donna in età del matrimonio.

Il suo cameriere lo aiutò a togliersi la giacca e il panciotto e stava appena iniziando a togliersi la cravatta quando un urlo assordante squarciò l'aria, seguito da una seconda, più breve esplosione di strilli da una voce diversa. Proveniva dalla stanza di Phoebe.

Attraversando di corsa la stanza, spalancò la porta e trovò sua moglie completamente nuda in mezzo alla stanza, gocciolante, con le mani che le svolazzavano intorno alla testa, gli occhi che roteavano verso il soffitto. La sua cameriera pestava i piedi, correndo avanti e indietro come una pazza. Quando la cameriera si accorse del suo arrivo, aprì la porta del corridoio e corse fuori, sbattendola dietro di sé.

Lui attraversò il corridoio fino al fianco di Phoebe e notò qualcosa che si muoveva nei suoi capelli, e ne tirò il corpo bagnato contro il suo mentre aiutava la creatura a liberarsi.

Era un pipistrello.

Rise mentre avvolgeva le braccia attorno alla sua piccola sposa. «Va tutto bene» disse, incapace di smettere di ridere e godendosi l'inaspettata opportunità di tenere il corpo svestito della moglie contro il suo. «Lo cacceremo via. Non preoccuparti. Ora non è più tra i tuoi capelli» La calmò, cercando di contenere la sua ilarità.

«Non è divertente!»

«No, non è affatto divertente, vero?» chiese, ma non riuscì a impedire alla risata di traboccare nella sua voce. «Non è divertente per niente, mi dispiace di aver riso.» Strinse le labbra, il ventre gli tremava per le risate represse contro la sua figura morbida e umida.

«Smettila, vile» pretese lei, iniziando a ridere. Si premette più forte contro di lui, probabilmente rendendosi conto che il suo corpo era l'unica copertura che aveva. Lui le guardò la schiena, godendosi la vista allettante dei glutei, la sua parte preferita dell'anatomia femminile.

«Sono completamente nuda» squittì.

«Sì, colombella, me ne ero accorto» disse lui con voce strascicata, incitandola ulteriormente accarezzandole la pelle morbida della schiena. «Ho pensato a come staccarti così da poterti dare un'occhiata con calma.»

«Non puoi» disse lei, schiaffeggiandogli il petto, ma rimanendo premuta contro di lui per non rivelarsi.

«È un peccato, perché da quello che ho intravisto, sei assolutamente deliziosa.» Era vero, mentre tornava all'immagine impressa nella sua mente, ne esaminò con calma gli attributi. I suoi seni erano più abbondanti della sua mano, i capezzoli inclinati verso l'alto in un broncio sfacciato. La curva della sua vita senza corsetto era come appariva con i busti, e il suo fondoschiena... scrutò lungo la schiena per un altro sguardo. Dio mio, come avrebbe voluto strizzare quelle natiche allettanti!

«Smettila» disse, anche se sembrava vagamente compiaciuta.

Le accarezzò lentamente la parte bassa della schiena con i polpastrelli. «Mmm,» mormorò. «È vero.»

Attraverso il tessuto della camicia inamidata, sentì i capezzoli premere contro le sue costole. Si erano induriti, proprio come il cazzo. Lei si spostò sui piedi.

«Teddy, fermati» disse, con un tocco di panico nella voce.

«Mi dispiace, colombella. Non posso farci niente: è nella mia natura ammirare una bella donna.»

«Beh, non voglio la tua ammirazione, soprattutto considerando quante donne l'hanno avuta. Penso che saremmo entrambi più felici se pensassi a me come pensi a tua sorella.»

«Come mia sorella, hmm?» le disse dolcemente all'orecchio mentre le sue mani continuavano ad accarezzarle la pelle nuda. «Posso provare» disse dubbioso. Le allontanò il viso dal petto, sollevandole il mento per sfiorarle le labbra. «Ma non credo che sia possibile.»

Arrossì e aggrottò la fronte.

Lui ridacchiò, guidandola all'indietro, verso il letto, dove tirò via la trapunta e gliela avvolse intorno.

Il sollievo le inondò l'espressione. «Grazie» sussurrò.

Le sorrise, tirando i bordi della trapunta sul suo petto e guardandola con affetto. «La prossima volta, forse» disse con leggerezza. «Farò in modo che un altro pipistrello venga piazzato nella tua stanza.»

«Non sei divertente!» esclamò, ma uscì più come una risata che altro.

«Vado a cercare quella oca di una cameriera. Si sarebbe potuto pensare che ci fosse un cinghiale qui dentro, dal modo in cui è corsa fuori» ridacchiò mentre andava alla porta. «E una volta vestita, puoi aspettare nella mia stanza finché i servi non avranno catturato il tuo piccolo aggressore» disse, sbirciando in cima all'armadio, dove era scomparso il pipistrello.

«Grazie per avermi salvata» disse, tenendo chiusi i bordi della trapunta.

Le fece l'occhiolino. «È stato un vero piacere» disse.

* * *

Phoebe osservò il modo in cui i suoi occhi le percorrevano il corpo, notando un'umidità tra le gambe che non aveva nulla a che fare con il bagno. Si lasciò cadere sul letto, sentendosi leggermente stordita.

Indossò la vestaglia senza l'aiuto della sua cameriera, non volendo rimanere esposta per un momento di più. Non si considerava una sciocca, ma avere un pipistrello impigliato tra i capelli le aveva fatto battere forte il cuore e, non volendo rimanere sola nella stanza con quella creatura, bussò ed entrò nella stanza di Teddy, lasciando aperta la porta adiacente e sedendosi goffamente sul bordo del letto.

Sentì delle voci nel corridoio e il bussare della sua cameriera alla porta. «Entra!» gridò, anche se non era sicura che la sua cameriera l'avrebbe sentita dalla stanza di Teddy. Teddy aprì la porta della sua stanza. «Ah, è qui dentro» disse agli uomini nel corridoio. «Entrate subito nella sua stanza per catturare il pipistrello.» A lei disse: «Chiudi la porta accanto, tesoro, così non può entrare qui.»

Tesoro.

Aveva pronunciato quelle parole così distrattamente, così facilmente. "Tesoro" e "colombella." Aveva idea di cosa le facessero quelle tenerezze? Se solo le avesse pronunciate sinceramente.

Entrò nella stanza e chiuse la porta, venendo a sedersi accanto a lei.

«Stai ancora arrossendo?» la prese in giro. Le toccò la guancia. «Non devi arrossire con me. Dopotutto sono tuo marito e viviamo insieme. Presto sapremo un sacco di cose imbarazzanti l'uno dell'altro, come quando uno di noi due si ubriaca e cose del genere.»

Lei ridacchiò. «Lord Fenton! Sei terribile.»

«Teddy» la corresse. «Beh» disse, «almeno ti ho fatto ridere.

Ed è vero, comunque. Ma ascolta.» Le mise un dito sotto il mento e le voltò il viso verso il suo. «Posso provare a sedurti, ma non mi imporrei mai a te. Capisci la differenza, vero?»

Sentì le sue guance arrossarsi di nuovo e gli occhi addolcirsi. «Non ne sono sicura.»

«È nella mia natura sedurre le donne. Be', di solito non giocherello con le innocenti, ma l'innocente in questione è mia moglie, quindi sto facendo un'eccezione.» Le mostrò il suo sorrisetto, strappandole un sorriso.

«Ma insisterò solo finché le mie avances sembreranno gradite. Se vedrò che davvero non le desideri, ritirerò le mie attenzioni.»

Ci pensò. Si era fermato non appena lei si era bloccata. Nel momento in cui si era innervosita, aveva preso la trapunta e l'aveva coperta. Era diverso, completamente diverso, da Lord Reddington.

«Grazie, mio signore» mormorò.

Quella notte si addormentò ricordando la sensazione delle mani di lui sulla pelle nuda, la pelle d'oca che aveva suscitato, il movimento tra le gambe. *È nella mia natura sedurre le donne.* Era nella sua natura sedurre le donne e poi lasciarle. Non sarebbe caduta in quella trappola.

Il giorno dopo era domenica e Fenton accompagnò le signore in chiesa e poi a Hyde Park, dove la *società* camminava per vedere ed essere vista. «Devo mostrare la mia nuova, bellissima moglie», insistette Fenton. «È giunto il momento di far muovere le lingue.»

«Allora sono contenta di aver indossato le mie scarpe più costose, Lord Fenton» lo prese in giro e lui gettò indietro la testa e rise.

«Grazie per la tua obbedienza» disse, facendole correre un brivido lungo la schiena per l'implicazione che lui fosse il suo padrone. «Ma se mi chiami di nuovo Lord Fenton, ti prenderò sulle mie ginocchia.»

«Teddy!» lo ammonì Wynn e lui sorrise.

La aiutò a scendere dalla carrozza, le sue mani forti le abbracciarono facilmente la vita e la sollevarono come se non pesasse nulla. Aiutò Wynn a scendere e tese un braccio per entrambe. «Presto, suppongo che dovrò portarti nel Northamptonshire per incontrare mia madre» disse. «Le hai già scritto?» chiese a Wynn.

«Sì, anche se non dovrebbe essere mio dovere, vero?»

Fenton sorrise solo alla risposta stizzosa. «Certo che no e grazie.»

«Non le ho detto tutta la verità sul matrimonio» ammise.

«No, no, ovviamente.»

Sia il fratello che la sorella sembrarono cupi per un momento e lei si chiese cosa dovesse temere nell'incontrare la contessa vedova. Era autoritaria e giudicante? Difficile da accontentare?

Fenton la accompagnò su e giù per i vialetti, presentandola come la sua nuova moglie e rimanendo così allegro e affabile che trovò impossibile tirarsi indietro, anche se lo desiderava disperatamente, di fronte alle innumerevoli sopracciglia inarcate e agli sguardi curiosi. Alla fine, Wynn disse che voleva dare da mangiare alle anatre e Phoebe scappò con lei verso il bordo dello stagno.

«Pensi che sarà uno scandalo?» chiese alla sua nuova amica.

«No» disse Wynn troppo in fretta. «E anche se lo fosse, non durerà. Pensa all'affaire Westerfield: è finita nel giro di pochi mesi.»

Phoebe si tolse il guanto per afferrare meglio le briciole

di pane e le lanciò in acqua, gettando accidentalmente anche il suo nuovo guanto.

«Oh, cielo! Oh, no!» esclamò, togliendosi le scarpe e camminando velocemente nello stagno freddo prima che il guanto affondasse. L'acqua era bassa dove era entrata, ma la riva si abbassò bruscamente e all'improvviso si ritrovò completamente immersa nell'acqua, con le gambe aggrovigliate nelle sottovesti, il peso delle gonne rendeva difficile tenere la testa fuori dall'acqua. Sentì Wynn gridare il suo nome, poi gridare aiuto prima di andare sott'acqua, trattenendo il respiro mentre lottava per scalciare con le gambe sotto di sé e trovare la superficie. I polmoni sembravano scoppiarle e lei non riusciva ancora a risalire in superficie. Andò nel panico, dimenandosi freneticamente mentre resisteva all'impulso di aprire la bocca e respirare. Piccole scintille di luce le danzavano davanti agli occhi chiusi e si rese conto che sarebbe svenuta di lì a poco e poi sarebbe annegata. Un braccio forte le avvolse la vita e le sollevò la testa e le spalle sopra l'acqua. Sputò, sbattendo le palpebre attraverso la cascata d'acqua che le scendeva sul viso.

Lord Fenton la strinse forte, il volto contratto dalla preoccupazione. Tirandola verso la riva, cercò un punto in cui fosse facile uscire e poi la aiutò a raggiungere un terreno stabile con le mani attorno al suo fondoschiena. Uscì anche lui e, senza dire una parola, la prese tra le braccia e iniziò a trasportarla verso la carrozza.

«Grazie, mio signore» riuscì a dire.

«Phoebe, grazie al cielo!» disse Wynn, raggiungendoli. «Stai bene?»

«Sì, sì, sto bene. Potete mettermi giù, Lord Fenton, ora posso camminare.»

Non rispose, ma continuò semplicemente i lunghi passi in direzione della carrozza.

«Mio signore?»

«Shh, Phoebe. Non ti metterò giù finché non raggiungeremo la carrozza» disse con fermezza, come se stesse dicendo qualcosa che lei avrebbe dovuto già sapere. Quando raggiunsero la carrozza, la sollevò, aiutò la sorella e salì dopo di loro. Tirò le tende della carrozza e poi la sollevò dal sedile e se la gettò in grembo, gettandole le gonne bagnate sopra la testa.

Lei riusciva a malapena a respirare per lo shock, e apparentemente per questo, i lacci del suo corsetto furono allentati, appena prima che lo schiaffo più forte che potesse immaginare risuonasse attraverso la carrozza.

Il cocchiere e i cavalli sicuramente lo sentirono anche loro, perché la carrozza partì, sobbalzando mentre la mano di Fenton schioccava di nuovo sui suoi mutandoni fradici. Lei strinse il sedere, sussultando per il bruciore.

«Teddy!» sibilò Wynn. «Smettila!»

Non riusciva a dire nulla; ogni parola le era stata strappata via. Un altro schiaffo le colpì il sedere bagnato e poi un altro, il bruciore cominciava a farsi sentire come se si fosse seduta su un'ortica. La sculacciò ancora e ancora, la sua mano batteva un ritmo forte alla cadenza del passo dei cavalli, con le forti proteste di Wynn come contrappunto.

«Ahi!» riuscì finalmente a dire, cercando di divincolarsi.

«Sì» disse lui dolcemente, continuando a sculacciare come se non potesse mai smettere, ogni colpo lasciava sicuramente l'impronta della sua mano sulla sua pelle viva. Faceva male, il dolore cresceva esponenzialmente man mano che continuava. Proprio quando le lacrime cominciavano a bruciarle gli occhi, si fermò.

* * *

«Hai rischiato la vita per un guanto?» chiese, slegando il cordoncino delle sue sottovesti bagnate e sollevandola in piedi, tenendole la vita in modo che non cadesse mentre si alzava. Le sue mani si sollevarono dietro la sua testa per appoggiarsi alla parete della carrozza in modo che lui avesse una visuale perfetta del suo décolleté. Lui strappò via il tessuto fradicio, sperando di evitare che prendesse freddo. «Posso comprarti un guanto nuovo, sciocca! Saresti potuta annegare lì dentro per il peso delle tue gonne!»

Si accorse che era vicina alle lacrime e non voleva che perdesse la calma, quindi la tenne occupata, girandosi di qua e di là mentre le toglieva le calze e le giarrettiere bagnate, poi la avvolse dalla vita in giù in una calda coperta che teneva sotto i sedili, tenendola ferma mentre infilava la mano sotto e tirava via anche le mutande bagnate. Quando almeno la sua metà inferiore fu calda e asciutta, la spinse di nuovo sul sedile, togliendosi la giacca e il soprabito bagnati. «Dammi il tuo scialle, Wynn», ordinò.

«No, no, va tutto bene» disse Phoebe, ma lui la zittì, prendendo lo scialle di Wynn e avvolgendoglielo sulle spalle.

«È un vero tiranno, non è vero?» Wynn si offrì di confortare la sua povera sposa, che sembrava incerta su come reagire.

Le prese la mano, che era nuda perché aveva perso il guanto, e la baciò. La sentì tremare contro le sue labbra e se la tirò in grembo e la tenne con entrambe le mani.

«Mi hai spaventato» disse a mo' di scusa.

«Sì» disse senza fiato, il petto ancora ansimante, i capelli incollati al collo sottile. Lui tirò via diverse forcine che penzolavano precariamente e gliele premette nella mano, che teneva ancora bloccata in grembo.

«Sono contento che tu stia bene.»

Sbatté rapidamente le palpebre, ma non riuscì a guardarlo di nuovo.

Ordinò un bagno caldo per lei non appena arrivarono a casa e le mandò della cioccolata calda in camera.

Quando si incontrarono sul pianerottolo per andare a cena, lui le offrì il braccio. Lei lo prese, arrossendo e alzando gli occhi solo fino al colletto.

Preferendo affrontare le cose direttamente, lui le toccò la mano. «Ancora arrossisci per le tue sculacciate?»

Questo attirò la sua ira. Lo guardò accigliata. «Dovevano farmi pentire? Perché non è stato così, mi hanno solo irritata.»

Rise. «Immagino sia perché ho permesso che ti alzassi troppo presto. Se vuoi, posso portarti nella mia stanza e farlo come si deve.»

Arrossì intensamente.

Lui si addolcì. «No, colombella. Non era per farti pentire; era solo una manifestazione della mia frustrazione.»

Si fermò e si voltò verso di lei, prendendole la mano dal braccio e portandosi le dita alle labbra. Le tenne lì finché lei non sollevò gli occhi per incrociare il suo sguardo.

«Mi hai fatto spaventare.»

Gli occhi le si riempirono di lacrime, ma le ritrasse.

«Perdona il mio carattere» disse lui in tono persuasivo.

Lei scosse la testa e lui pensò che avrebbe detto che non poteva perdonarlo, ma invece scrollò le spalle. «Non ho visto alcun carattere. Anche se è così che ti comporti quando sei frustrato, odierei sentire la tua mano quando sei veramente arrabbiato.»

Le lasciò la mano e le prese il viso, tracciando la linea della sua mascella con il pollice. «Non lo farai mai, amore.»

Il suo petto iniziò a sollevarsi, sforzandosi contro la

costrizione del busto e lui si chiese quale reazione stesse avendo a quelle parole. O forse era il suo tocco a incitarla.

«Perdona la mia cattiva grazia» mormorò.

«Sei stata aggraziata come ci si può aspettare da una giovane donna che è stata rovesciata sulle ginocchia di un uomo. Ti ha fatto male?»

Lei scosse la testa. «Solo nel mio orgoglio.»

Lui sorrise. «Probabilmente è riparabile. Lascerò che mi sculacci più tardi per rimettermi al mio posto.»

Lei emise un sospiro con una risata sommessa. «Potrebbe piacermi.»

Lui agitò le sopracciglia. «Beh, sai dove trovarmi» disse, conducendola giù per le scale e nella sala da pranzo.

«Eri davvero così preoccupato per me?» chiese, come se non riuscisse a credere che potesse essere vero.

Lui si fermò e la fissò. «Il mio cuore non ha battuto per tutto il tempo in cui sei stata in acqua. Ti sorprende?»

«Beh, suppongo che lo avresti pensato se una qualsiasi donna fosse caduta in acqua.»

Sollevò un sopracciglio. «Stai cercando un complimento, mia signora?» Ignorando il suo rossore, continuò. «No, mi sto affezionando molto *a te*, amore mio. Non ho intenzione di perdere la mia nuova sposa tragicamente o in altro modo.»

Ancora arrossita, scosse la testa. «Dici sempre queste cose» borbottò.

Quando si sedettero per mangiare, lui si rivolse a entrambe le donne. «Sai cosa dovremmo fare?»

«No, cosa?»

«Organizzare un ricevimento per celebrare il matrimonio. Sai, come hanno fatto Kitty e Harry, dopo il loro affaire.»

«Sì, è un'idea splendida!» esclamò Wynn. «Pensi che

potremmo convincere la mamma a venire? Allora forse non si sentirà come se si fosse persa qualcosa.»

«Sì, forse possiamo. Se voi donne fissate la data, le scriverò una lettera, non potrà rifiutare.»

«Cosa penserà di me?» Lui ammirò Phoebe per averlo chiesto.

«Ti amerà.»

«No, intendevo...»

«Sarà delusa che tu non abbia intenzione di generare eredi, ma si adatterà.»

Phoebe aggrottò le sopracciglia. «Tu sei deluso?» azzardò.

«Santo cielo, no. Non ho mai pianificato di sposarmi, quindi non ho mai pianificato di generare eredi.»

«Ma chi erediterà il titolo?»

Lui agitò la mano. «Ho un sacco di cugini. E anche se morissero tutti, mio padre ha lasciato una serie di bastardi da qui alla Scozia e ritorno.»

Si bloccò, il cucchiaio a metà strada verso la bocca. Rimise giù il cucchiaio e considerò la sua zuppa per un momento. Lui conosceva la sua domanda prima ancora che gliela ponesse.

«Tu hai dei figli bastardi?» Mantenne il tono della sua voce naturale e leggero, anche se il suo corpo era immobile, in attesa della risposta.

«Nessuno. Sono stato molto attento e con un pizzico di fortuna, non ho mai avuto figli, per quanto ne so.»

Rilassò le spalle. «Beh, questo deve essere di conforto per te» disse sarcasticamente.

Lui si irrigidì, posò la forchetta e fissò il cibo. Aveva perso tutto l'appetito. Qualcosa nel suo commento gli era fin troppo familiare. No, era il tono, lo stesso che sua madre usava sempre con suo padre. Avevano questo tipo di matrimonio: parole taglienti e silenzi freddi, tutti legati al libertinaggio di suo padre. Questo era il tipo di matrimonio che aveva cercato così duramente di evitare. Un senso di panico lo sopraffece: questo era l'inizio per loro. Nemmeno una settimana di pace prima che iniziasse, nonostante la sua offerta di libertà di avere altre donne.

La sua mente cercò soluzioni, come mettere distanza tra loro, persino residenze separate, ma tutto sapeva della stessa miseria in cui era cresciuto.

«Perdonami. Sembrava piuttosto maleducato, vero?»

Alzò lo sguardo, sorpreso.

Lei scosse la testa. «Non ho il diritto di giudicare.»

Si appoggiò allo schienale della sedia e gettò il tovagliolo sul tavolo. «Certo che hai il diritto di giudicare» disse, suonando più amareggiato di quanto non intendesse. «Non è forse questo il dovere di una moglie?» Si alzò dal tavolo e fece un leggero inchino. «Se volete scusarmi, signore» disse e se ne andò senza aspettare una risposta.

Capitolo tre

I
l coraggio non è altro che
    macchie nell'occhio
    Un'esplosione breve e assetata -
e quando è esaurita
e il tempo è già lacerato
non c'è più niente se non dolore per sempre

Phoebe sospirò e cancellò la parola "dolore", cercando nella sua mente una parola diversa. Era la prima sera che trascorreva da sola da quando si era sposata tre settimane prima. Per quanto le piacesse la compagnia di Wynn, era ansiosa di avere un po' di tempo da sola con la sua poesia. Quando sua cognata l'aveva invitata ad andare a un ballo con i Westerfield, aveva rifiutato, desiderosa di avere l'opportunità di abbandonarsi alla sua passione segreta senza interruzioni. Sedeva alla scrivania di Fenton, le sue poesie sparse sulla superficie di mogano, la sola vista di esse la riscaldava, come se fossero i volti di cari amici. Fenton aveva una costosa penna di tartaruga con una punta perfetta, che rendeva la scrittura ancora più deliziosa. Sedeva con gli occhi socchiusi, le parole che le danzavano intorno, ognuna con la sua sfumatura, ognuna con la sua storia. Sembravano ronzarle intorno, invogliandola a sceglierne una da scarabocchiare sulla sua carta pregiata. Solo che i suoi pensieri continuavano a girare su parole come "sculacciata" e "marito". Il solo ricordo delle sculacciate sul sedere bagnato che lui le aveva dato le fece venire le farfalle allo stomaco. Aveva ripensato alla scena nella sua mente più e più volte, provando diverse reazioni che avrebbe potuto avere, come schiaffeggiarlo in faccia o implorarlo di smetterla. O ridere.

Che reazione si era aspettato da lei? Delle scuse? Un broncio? Per quanto si sforzasse, non riusciva a capirne la sfumatura. Era stata una punizione? O per lui faceva parte di un gioco di seduzione? Si ritrovò a immaginare una vera punizione da parte sua, l'imbarazzo di accettare la sua autorità in qualche modo la eccitava. Forse avrebbe dovuto scusarsi. Aveva visto poco Fenton dalla notte in cui gli aveva chiesto se avesse dei bastardi. Si era offeso per la sua osservazione critica, che lei ammetteva non fosse meritata. Non c'era amore tra loro, né una promessa di fedeltà. Non le doveva nulla in quel modo, eppure lei continuava a scagliarsi contro di lui. Da allora avevano condotto un'esistenza inquieta ma educata. Colazione insieme, poi lui partiva per il Parlamento mentre lei e Wynn ricevevano visite o ne facevano. Lord Fenton tornava a casa per cena, ma poi usciva spesso di nuovo fino a tarda notte. Non sapeva se fosse perché lo aveva offeso o se quello fosse il suo normale ritmo quotidiano, e non riusciva a convincersi a chiedere a Wynn o a uno dei servitori. Forse era uscito per incontrare la sua amante. O le sue amanti. Il ricordo delle risatine di sua sorella che, attraverso il muro, arrivavano nella sua camera da letto, dal loro incontro amoroso, riemerse e la spinse a premere troppo forte sulla penna, rompendone la punta. Una gelosia ardente le bruciava nel petto all'idea che Maud potesse ancora indulgere nelle sue fantasie con Fenton, con suo marito.

Ti prego, Dio, no. Chiunque tranne Maud.

Improvvisamente le venne voglia di cavare gli occhi a sua sorella.

La porta dello studio si aprì con uno scatto e lei sussultò, trasalendo. Era Lord Fenton in persona, che sembrò altrettanto sorpreso di trovarla seduta sulla sua sedia quanto lo era stata di trovarla lì.

«Oh! Scusami, mio signore!» Asciugando l'inchiostro, si affrettò a sistemare le poesie in una pila, abbandonando il nastro che di solito le legava e infilandole nella sua piccola scatola di legno.

Fenton le rivolse un sorriso lento, predatorio, aggirandosi furtivamente intorno alla scrivania, con aria soddisfatta di coglierla in fallo. «Cosa sta facendo, mia cara?» disse con voce strascicata.

«Niente! Niente di niente. Stavo... stavo solo andando via. Scusami.»

Le bloccò l'uscita da dietro la scrivania. «Cosa scrivevi?»

«No! Stavo solo...» pensò freneticamente, «leggendo dei vecchi appunti di scuola. I miei studi, sai.» Fenton rise, scivolandole accanto per sedersi sulla sua sedia e afferrandole la vita con un braccio. Con suo grande stupore, le tirò il viso in grembo, schiaffeggiandole il sedere sollevato non appena si avvicinò.

Lei scalciò. «Cosa fai? Smettila!»

«Non mentire mai a tuo marito, Phoebe. Non la prende bene.» Le diede altri schiaffi in rapida successione, poi le gettò le gonne sopra la testa, scatenandole il panico. Si divincolò per liberarsi.

Fenton stava ridacchiando. «No, non c'è modo di liberarsi. Ti sei meritata le sculacciate, ora dovrai accettarle.»

Con sua grande mortificazione, lui le aprì la fessura delle mutande, esponendo il sedere nudo all'aria fresca, e continuò a colpirla con schiaffi forti e pungenti. Non riusciva più a respirare.

«Lord Fenton! Voglio dire, Teddy!» ansimò.

Lui ridacchiò di nuovo, accarezzandole il sedere, che formicolava per il calore, con il suo ampio palmo. «Grazie per esserti ricordata. Credo di averti promesso anche una sculacciata per quell'errore.» Aprì il cassetto della scrivania. «Sfortunata. Ho degli attrezzi qui dentro, tipo righelli e roba del genere.» Le sbatté sulle natiche quello che doveva essere un righello di legno, e lei sentì un dolore lancinante.

«Ahi! Per favore, mio signore!»

«Hmm. Riesci a respirare? Apriamo questo» disse, tirando i lacci del suo corsetto. «Ecco. Ora posso sculacciarti forte quanto voglio.»

«No!» esclamò mentre il righello le colpiva la pelle nuda con un'altra raffica di colpi.

«Per favore!»

«Quando ti faccio una domanda, voglio una risposta sincera, colombella. Cosa stavi scrivendo? Una lettera d'amore?»

«No!»

La colpì di nuovo con il righello, cinque volte in rapida successione.

Lei gemette. «È poesia!» Si preparò, anche se non era sicura se fosse per uno scherno o per il righello.

«Poesia» ripeté lui, con tono interessato. «Che hai scritto tu?»

Quando non rispose, le diede altri tre colpi con il righello.

«Sì!» esclamò.

Rimase in silenzio per un attimo, e quando parlò di nuovo, l'ironia fu sostituito da quello che sembrava un sincero interesse. «Posso leggerla?»

«No!» esclamò immediatamente.

Il righello le si abbassò di nuovo addosso, battendo un ritmo costante, facendola dimenare in grembo nel vano tentativo di sfuggirgli. «Risposta sbagliata, amore mio. Non lo sai che non puoi rifiutare l'uomo che impugna il righello di legno?» Con la sculacciata successiva, però, il righello si ruppe e lei non poté fare a meno di ridacchiare. Il suono ricco della sua risata le riempì le orecchie, riscaldandola, come se stessero condividendo una specie di scherzo che rendeva più facile quell'umiliante evento.

Le accarezzò il sedere dolorante.

«Beh, ho ancora la mano. Vuoi provare di nuovo quella risposta? O devo continuare a sculacciarti?»

«No, intendo sì!»

Ridacchiò, accarezzandole lentamente la pelle nuda. «Sì, posso leggere le tue poesie?»

Esitò. Di certo non desiderava essere sculacciata ancora. Né desiderava mostrargli le pagine che contenevano il suo cuore e la sua anima. Solo che una piccola parte di lei desiderava ardentemente condividere la sua scrittura, per quanto terrificante fosse l'idea.

Attese pazientemente la sua risposta, accarezzandole e massaggiandole i glutei con una mano, mentre con l'altra le accarezzava la nuca.

«Sì» rispose infine con un filo di voce.

«Grazie» mormorò, e la tirò su per metterla accanto a sé, con una mano ancora sotto la gonna sul suo sedere nudo. Raccolse la poesia e iniziò a leggerla come se fosse la cosa più avvincente che avesse mai visto, mentre il suo dito iniziava a tracciare distrattamente la linea della sua fessura. Lei non riusciva a respirare: l'invasione del dito non era meno inquietante dell'attesa della sua valutazione della poesia. Le ginocchia e la parte superiore delle cosce tremavano. La mano si mosse per accarezzare il punto in cui la coscia incontrava la natica, penetrando più a fondo nel nucleo più intimo. Cercò di divincolarsi, ma lui le diede un forte schiaffo automatico sulla natica dolorante, poi alzò lo sguardo come se si fosse appena reso conto di averla tenuta prigioniera accanto a sé con quella mano infilata in modo del tutto inappropriato nella gonna.

Le sue mani avevano vagato. A volte lo facevano di loro spontanea volontà. «Oh, cielo!» Ritrasse in fretta le dita da dove avevano accarezzato la curva perfetta del dolce sederino di sua moglie e, rendendosi conto di essere stato completamente negligente nell'offrirle conforto dopo le sculacciate, le prese la vita e la tirò in grembo, sollevandole anche le ginocchia, così che lei si rannicchiasse in posizione fetale contro di lui. «Vieni qui, colombella. Ti meriti proprio una coccola dopo il calvario che ti ho appena fatto passare.»

Il corpo le tremava e nascose il viso nella sua spalla, come se fosse troppo imbarazzata per guardarlo. «Sì» disse lui in tono rassicurante, accarezzandole i capelli setosi, «nascondi il viso così non dovrai vedermi, ecco.» Le piantò piccoli baci sulla testa. «Povera colombella.»

La cullò, stringendola forte e mormorandole parole d'affetto.

Sua.

Provava una soddisfazione nel tenerla tra le braccia, sapendo che era sua moglie. Il peso della responsabilità che provava per lei era mitigato dalla possibilità di provare ancora di più quella dolcezza. Aveva sempre scelto donne esperte e mondane. L'innocenza di Phoebe ispirava una tenerezza e un istinto protettivo a cui non era abituato.

La sua poesia era bellissima. Voleva dirglielo in un modo che lei gli credesse. Dopo un attimo, le sollevò la testa, cullandole il viso tra le mani. «Adoro la tua poesia» sussurrò, e chinò il viso verso il suo, le labbra cercarono le sue, prima sfiorandole leggermente, poi baciandole con più forza. La mano si alzò per toccargli la guancia, e lui la prese e la tenne contro il viso, sondandole le labbra con la lingua.

Ma lei si spaventò, la mano sul suo viso lo spinse improvvisamente via mentre si raddrizzava, gli occhi spalancati e spaventati. «Per favore» sussurrò con voce roca. «Lasciami andare.»

Non era capace di negarle nulla, anche se rinunciare da solo alla sensazione del suo corpo caldo era una grande delusione. L'aiutò ad alzarsi e si alzò anche lui, come si conviene a un gentiluomo.

Allungò la mano per prendere la sua scatola, ma lui le coprì la mano per trattenerla. «Vorrei leggerle tutte, Phoebe. Posso prendere questa scatola? Solo per questa notte?»

Cercò i suoi occhi, il battito era accelerato sul collo sottile.

«Per favore? Ti prometto di leggerle con il massimo rispetto.»

La testa le cadde leggermente all'indietro, come se il collo fosse troppo debole per reggerla. Deglutì. «Sì, va bene» disse. «Solo per questa notte?»

Lui annuì, togliendo la mano perché lei potesse sfilare la sua. Raccolse la scatola e la lasciò cadere nella tasca della giacca. «Buonanotte, tesoro.» Lei fece un inchino. «Milord» mormorò, si voltò e uscì dalla stanza, con il posteriore leggermente rannicchiato come se volesse nascondere la parte del suo corpo che lui aveva appena punito.

Provò uno strano dolore nel vederla andare via. Glielo aveva fatto provare fin dall'inizio, fin dalla prima notte che l'aveva incontrata, e gli aveva impedito di giacere con qualsiasi donna dal giorno del matrimonio, sebbene lei gli avesse offerto libertà e lui morisse dalla voglia di liberarsi. Era stato nelle sale da gioco e gli era stato chiesto di unirsi ai gentiluomini diretti ai bordelli, ma non era riuscito a convincersi a cercarvi piacere.

Voleva la sua piccola sposa.

Contro ogni ragione, lei era diventata l'unico pensiero che non riusciva a scacciare dalla mente. E ora possedeva qualcosa che poteva aiutarlo a capirla. Portò la piccola scatola di legno in camera da letto e chiese al suo cameriere di accendere ogni lampada.

Immergendosi nelle poesie, ne assorbì l'essenza. Riflettevano un profondo apprezzamento per il mondo naturale, una comprensione acuta di quello umano (incluse alcune argute descrizioni di sua sorella) e una generale esuberanza d'animo. La luce che aveva intravisto sul suo viso in libreria brillava chiaramente lì. Lei riversava la sua passione sulla pagina, rivelando un perfetto equilibrio tra romanticismo e concretezza. Era unica come il colore dei suoi occhi, un tesoro destinato a essere custodito nella luce. Lesse fino a tarda notte, organizzando e ordinando le poesie in piccole pile, disponendole in ordine diverso e leggendone l'effetto.

Al mattino, quando la sentì muoversi, aprì la porta tra le loro stanze senza bussare ed entrò a grandi passi, portando le poesie nell'ordine in cui le aveva ordinate. Aveva sollevato la parte posteriore della camicia da notte e aperto lo spacco delle mutande, e si stava girando per guardarsi le natiche.

«Ho lasciato dei segni?» chiese lui, cercando di non sorridere.

Sussultò, lasciando cadere l'orlo della camicia da notte e girandosi di scatto, con il viso molto più rosso di quanto non fosse stato il suo sedere la sera prima.

Lui ignorò il suo imbarazzo. «Vieni qui, voglio parlarti delle tue poesie.» Le afferrò la mano e la tirò verso il letto a sedere sulle sue ginocchia.

«Non puoi irrompere qui dentro così!» farfugliò.

«Non posso?» La sollevò dalle ginocchia e le diede due forti schiaffi sul sedere, poi la rimise giù. «Se fossi in te, ci penserei due volte prima di fare la gradassa con un uomo che ti ha appena presa sulle ginocchia.»

Lei lo guardò in cagnesco, e lui ricambiò con un sorriso, abbassando lo sguardo sulle punte aguzze dei suoi seni che spuntavano dalla camicia da notte.

«Un giorno o l'altro sarò costretto a darti una bella frustata e allora capirai che non è il caso di sfidarmi.»

Con il viso ancora rosso, chiese: «Cos'è una bella frustata?»

Lui sorrise. «Una bella frustata è quando ti tolgo le mutande e uso una cinghia o una frusta finché non piangi. È una vera punizione.»

Deglutì con apparente sforzo. «Davvero...? Voglio dire, cosa meriterebbe una punizione del genere?»

Le fece l'occhiolino. «Oh, dovresti essere molto cattiva per questo.»

Lo fissò per un attimo prima di esclamare indignata: «Credo proprio che ti piacciano le sculacciate!»

Le rivolse un ampio sorriso. «Forse sì, colombella. Un motivo in più per obbedire, non è vero?»

Era senza dubbio vero: aveva sculacciato le donne, o almeno aveva dato un paio di sculacciate quando aveva potuto, anche prima di fare l'amore con una ragazza. Amava il sedere delle donne e certamente gli piaceva la vista di una donna china sul suo grembo e la sensazione della pelle morbida sotto il suo palmo duro.

«Ma ascolta, voglio parlare delle tue poesie.»

Si raddrizzò. «Sì?» Deglutì di nuovo. «Sì, milord?»

«Sono bellissime. Credo che dovrei portarle a un editore.»

Lo fissò come se non capisse cosa stesse dicendo.

«Le ho sistemate. Credo che ci sia materiale per due volumi qui, se andiamo per argomento.» Tirò fuori le pile di poesie che aveva sistemato. «Questo gruppo parla di natura, quindi ho pensato che avresti potuto trovare un titolo intelligente, e questo potrebbe essere un volume a sé stante. Queste riguardano di più la natura umana, l'arte di vivere, quel genere di cose, quindi potrebbero essere un volume separato. In quest'ultima pila ci sono le poesie che sembrano incompiute o troppo delicate, non adatte alla pubblicazione in questo momento.»

Continuò a fissarlo e non si mosse per prendere le pile che lui stava cercando di porgerle. «Pubblicarle? Col mio nome? O intendi a tuo nome?»

Emise un verso di scherno. «A mio nome? Non essere ridicola. A tuo nome.»

«Ma chi pubblicherebbe poesie di una donna?»

«Beh, non ne sono sicuro con certezza, ma so che può succedere. Ci sono molte scrittrici. Guarda Jane Austen o Mary Shelley.»

La cauta speranza sul suo volto gli lacerò il cuore. «Ma... sarebbe imbarazzante per te avere una poetessa per moglie?»

«Non essere ridicola. Niente mi renderebbe più orgoglioso. Il tuo lavoro è meraviglioso, Phoebe. Appartiene al mondo.»

Le lacrime le salirono agli occhi e gli gettò le braccia al collo, quasi strangolandolo con il suo entusiasmo. Le baciò la gola.

«Smettila, Teddy» disse dolcemente, ritraendosi. Non sentendo un vero rimprovero, lui la baciò di nuovo. Questa volta lei ritrasse completamente l'abbraccio. «Perché lo fai?» chiese, scrutando il suo viso.

«Perché voglio farlo» disse lui, con il dolore familiare che si faceva più forte.

Dischiuse le labbra e lui la guardò abbassare gli occhi sulle sue labbra e sporgersi lentamente in avanti, così da poterlo fermare se avesse voluto. Lei balzò in piedi.

«Per favore, non farlo.»

* * *

«Buongiorno!» salutò Teddy al tavolo della colazione, come se non fosse appena stato nella sua stanza. Nonostante la confusione del suo continuo... corteggiamento, niente avrebbe potuto rovinare la sua esuberanza quella mattina. Pensava che avrebbe dovuto pubblicare. Lady Phoebe Fenton, una poetessa pubblicata. Era la prospettiva più entusiasmante che le fosse mai stata presentata.

«Ho lasciato la tua scatola nel mio studio. Credo che sarebbe meglio se ne facessi una copia di ognuna, prima che le porti in giro.»

«Copia di cosa?» chiese Wynn.

Phoebe lanciò un'occhiata allarmata a Teddy. Si sentiva già abbastanza intimidita per averla mostrata a lui, e non era pronta a condividere anche con Wynn.

«Oh, stiamo lavorando agli inviti per il ballo. Pensi che

potreste finire la lista degli invitati oggi?» Teddy la coprì con elegante disinvoltura.

«Sì, certo» promise, pensando solo all'entusiasmante compito di ricopiare le sue poesie perché lui potesse portarle a un editore. Quando Teddy si alzò per andarsene, la baciò sulla guancia, accarezzandole con il pollice l'altra guancia mentre le cullava la testa. Baciò Wynn sulla sommità della testa e la salutò.

Wynn la guardò con curiosità. «Sembrate entrambe di ottimo umore stamattina.»

Sentì le guance arrossarsi. «Non è niente!» esclamò troppo in fretta. «Voglio dire, sì, è una bellissima mattina. Lavoriamo agli inviti, va bene?»

Che sbadataggine assoluta. Si diede una spinta interiore. Ora Wynn probabilmente credeva che fosse stata intima con Teddy, quando in realtà non aveva fatto nulla del genere. Anche se l'idea la metteva sulla difensiva, come se avrebbe dovuto effettivamente essere intima con Teddy. Solo che non era quello il suo piano, no? Cedere al fascino di Lord Fenton era la ricetta sicura per un cuore spezzato. Lo sapeva lei, lo sapeva Wynn, lo sapeva Kitty e, se aveva capito bene, lo sapeva anche la loro madre.

Riuscirono a finire gli inviti e lei riuscì a giustificarsi con un mal di testa e a intrufolarsi in camera per copiare le poesie. La giornata volò e la cena fu un piacere. Anche Lord Fenton non scomparve dopo.

Sembrava che nulla potesse rovinare il suo umore felice finché non sentì la voce di una donna provenire dalla stanza di Fenton.

«Non ricordo di averti invitata» sentì la voce lenta e strascicata di suo marito.

Invitata? Chi dice una cosa del genere a una donna che è stata fatta entrare nella sua camera da letto?

«Sì, beh, è da un po' che non vieni al bordello. Mi sei mancato.»

Una gonna leggera. Maledetto lui. Maledetta lei. Maledetti entrambi. Come osava permetterle di intrattenerlo qui, a casa sua, con lei nella stanza accanto?

«In altre parole, ti servono un po' di soldi.»

«Non arrabbiarti, milord» disse lei, con voce sensuale e suadente. «Non è che non mi abbiate mai invitata qui prima.»

«Sì, ma questa volta non ti ho invitata.»

La rabbia le ribollì e lei si alzò dal letto, spalancò la porta e vi si fermò dentro, con le mani sui fianchi. La signora era una cortigiana d'alta classe, vestita di raso, con una collana di perle al collo. Per qualche ragione, questo la infastidì ancora di più. «Fuori!» disse freddamente. «Fuori da casa mia!»

«Teddy? È tua sorella?»

«No» disse Teddy sarcasticamente. «È Lady Fenton, mia moglie.» Mise un segnalibro nel libro che stava leggendo e lo posò sul letto. Non si alzò, ma si limitò a oziare sul letto, guardando la cortigiana e poi lei con divertito interesse.

«Ti ho chiesto di andartene. Se non te ne vai, ti farò cacciare da questa casa.»

La donna dalla gonna leggera guardò Teddy, come se si aspettasse che lui difendesse il suo diritto di essere lì. La rabbia le produsse un suono impetuoso nelle orecchie. Si avvicinò alla prostituta, pronta a schiaffeggiarla. Forse intuendo cosa avesse in mente, Teddy scelse proprio quel momento per alzarsi in piedi. Inarcò le sopracciglia. «L'hai sentita. La padrona di casa ti ha chiesto di andartene. E tu lo farai. Subito.»

Strinse e aprì i pugni lungo i fianchi, serrando i denti

durante il profondo inchino e l'allontanamento della donna. Quando chiuse la porta, Phoebe si voltò e lanciò un'occhiata furibonda a Teddy, prese uno dei libri dallo scaffale e glielo lanciò contro.

Lui lo schivò. «Phoebe, non è accettabile.»

Non era accettabile? Intrattenersi con una "donnaccia" in casa propria non era accettabile. Prese un altro libro e lo lanciò.

«Basta. Mettilo giù» disse bruscamente quando lei prese lo specchio. Ma la soddisfazione di rompere qualcosa era troppo forte. Lo lanciò contro il muro, delusa quando si ruppe solo in pochi pezzi, invece di frantumarsi completamente. La sua tabacchiera d'argento le stava in mano come una pietra pesante, e gliela lanciò contro prima di riuscire a pensare correttamente. Gli colpì la testa con un tonfo che le fece tremare i denti. Ansimò, coprendosi la bocca con entrambe le mani, tutto il suo calore si gelò.

Lui barcollò all'indietro, imprecò e colpì il muro, piegandosi in due per un attimo con la mano sulla fronte.

«Perdonami» sussurrò. La paura iniziò a scorrerle nelle vene, trasformandole le mani in ghiaccio. Gli aveva fatto male... gravemente. Si sentiva malissimo, non voleva fargli del male. Quanto si sarebbe arrabbiato? Sarebbe diventato violento?

Si rialzò con un'altra imprecazione, la mano sulla fronte, da cui colava un rivolo di sangue. Ma non sembrava arrabbiato. A parte il sangue, sembrava imperturbabile come quando lei era entrata nella stanza e aveva ordinato alla prostituta di andarsene. Tirò fuori un fazzoletto e si asciugò il sangue dalla testa e dalle mani.

«Ti punirò per questo, Phoebe» disse freddamente.

Le parole le rimbalzarono nella testa mentre penetravano. Perché era così difficile capire se stesse parlando sul serio?

«Portami la mia cinghia del rasoio» ordinò, indicando il tavolo da toeletta dove lei si trovava e cancellando ogni dubbio sulla sua sincerità.

«No!» urlò immediatamente, inorridita.

Lui alzò un sopracciglio. «Ammetterai di essere stata molto cattiva?»

Osservò il taglio sulla sua testa, che si stava già trasformando in un uovo d'oca. Si sentì malissimo per avergli fatto male. Abbassò le spalle. «Sì, signore.»

«Allora portami la cinghia.»

Afferrò la cinghia dal tavolo da toeletta e attraversò la stanza, mettendogliela davanti alla faccia come una bambina arrabbiata. Lui gliela prese di mano, con un'espressione completamente impassibile.

Un singhiozzo le eruttò dalla gola. Si coprì la bocca, le lacrime le colavano dagli angoli degli occhi. Prima che potesse battere ciglio, era tra le sue braccia, premuta contro il suo torso caldo. «So che sei terribilmente turbata» mormorò, sorprendendola con la sua gentilezza. «E ti permetterò, anzi, insisterò, che tu mi racconti tutto.» Le accarezzò la schiena. «Ma prima dobbiamo affrontare questa questione della disobbedienza.»

Non voleva lasciare il conforto delle sue braccia. La condusse al letto e se la tirò giù in grembo, infilandole un cuscino sotto il busto. Sembrava che non riuscisse a smettere di piangere.

«Cosa ho detto che sarebbe successo se fossi stata molto cattiva?» chiese.

Piangendo ancora, non rispose. Sentì la camicia da notte sollevarsi, scoprendole le gambe.

«Cosa ho detto?» ripeté dolcemente.

Stava davvero per farglielo dire? Fece un respiro profondo. «Che mi avresti tolto le mutande e avresti usato una cinghia fino a farmi piangere.»

«Esatto» disse. «Immagino che abbiamo già finito la parte del pianto, no?» rifletté, non senza gentilezza, e le sue dita cercarono il nastro che le chiudeva le mutande. Trovandolo, lo strappò via. Se la sera prima si era sentita mortificata quando lui le aveva aperto la fessura delle mutande, questa volta era fuori di sé. Completamente nuda davanti a lui, non si era mai sentita così vulnerabile in vita sua. Strinse le natiche come se potessero in qualche modo proteggerla dalla cinghia.

«Per favore» implorò.

La accarezzò con un movimento circolare tra le scapole. «Shh. Va tutto bene, colombella. È una sessione di sculacciate, niente di più.»

Le sue parole la rassicurarono, un po' del panico si placò semplicemente grazie al tono calmo della sua voce. Non sentì rabbia, solo la stessa sicurezza che lui proiettava sempre.

«Diciamo venti colpi?»

Strinse forte il cuscino sotto il petto e chiuse gli occhi. «Sì, signore» sussurrò. «Sì, mio signore.»

Il primo colpo della cinghia fu più forte di quanto avesse immaginato, e tutto il suo corpo barcollò in avanti nonostante la sua determinazione a rimanere stoica. Un altro singhiozzo le sfuggì dalle labbra, ma fu interrotto da un sussulto per la seconda strisciata. Non respirò affatto finché la terza non le ebbe morso la carne. Lui si stava facendo strada più in alto sul sedere, dove la pelle era più sensibile. Cinque colpi su, cinque di nuovo giù. Morse la trapunta, singhiozzando contro di essa, il sedere le bruciava di dolore. Si irrigidì, aspettando la serie successiva, ma invece sentì la mano di Teddy accarezzarle le natiche piene di vesciche. Lei sussultò al suo tocco, sebbene fosse delicato.

* * *

«Phoebe» disse dolcemente. «Vuoi cambiare il nostro accordo? Quello che mi hai proposto il giorno del matrimonio?»

«No!» ansimò subito.

Le diede una pacca sul sedere rigato, sculacciandola con la mano. Le aveva promesso venti colpi con la cinghia, ma non riuscì a dargliene più di dieci. «Risposta sbagliata, amore» disse, iniziando a sculacciarla a ritmo con la mano. «Faccio fatica a credere che tu voglia continuare così, se questa è la tua reazione quando una donna si presenta nella mia camera da letto.»

Interruppe la raffica di sculacciate e strofinò di nuovo. «Ho ragione?»

Lei non rispose. Le diede altre tre sculacciate con la mano. «Cosa desideri, colombella?»

«Non voglio che tu veda mia sorella!» esclamò.

Si fermò, sorpreso. Pensava che fosse stato con Maud? Ne aveva paura? Le diede altre cinque sculacciate, scuotendo la testa meravigliato. La sua gelosia gli piacque, sebbene gli dispiacesse di averle causato tanto dolore. «Ti prometto che non rivedrò mai più tua sorella. E ora che altro?»

«Non voglio che tu porti donne qui», tirò su col naso.

«Come desideri. Non porterò mai, mai una donna in casa nostra. Che altro?»

«Non desidero affatto che tu veda altre donne» gemette.

Si fermò di nuovo. Sollevandola delicatamente, la fece sedere sulle sue ginocchia e le scostò i capelli dal viso, cercando di guardarla negli occhi. Lei resistette, nascondendo la testa nella sua spalla.

«Vuoi che io sia un marito fedele» chiarì dolcemente.

Rimase seduta immobile per un lungo istante, poi annuì contro la sua spalla.

«E verrai nel mio letto?»

Il respiro accelerò, ma annuì di nuovo, questa volta sollevando la testa dalla sua spalla, sebbene tenesse gli occhi fissi sul suo petto, piuttosto che sul suo viso.

Le scostò i capelli dagli occhi e le sollevò il mento. Quando incrociò il suo sguardo, le rivolse un piccolo sorriso. «Preferirei questa soluzione, tesoro.»

Le afferrò le labbra, accarezzandole con le sue, separandole con la lingua. Lei accettò il bacio, ma non ricambiò. Le prese il seno, accarezzando il capezzolo contratto con il pollice, notando quando lei si inarcava desiderandone ancora. Sollevandole l'orlo della camicia da notte, le accarezzò il fianco con la mano per toccarle la pelle nuda del seno, godendosi il suo respiro affannoso. La baciò lungo l'elegante curva della clavicola, lungo il collo fino alla mascella, facendole sfilare la camicia da notte da sopra la testa. Lei si intimidì subito, coprendosi il seno con gli avambracci e rannicchiandosi sulle ginocchia.

«Vieni, amore, infilati sotto le coperte. Spegnerò le lampade, così non ti sentirai così esposta.»

«Grazie» sussurrò, obbedendogli.

La guardò strisciare fino alla testata del letto, le natiche striate, segnate dalla punizione, che lo chiamavano. Spense le lampade e si infilò sotto le coperte con lei. Tremava sotto il suo tocco, ma capì subito che non era per desiderio, ma per paura. Rimase irrigidita, accettando le sue cure, ma senza riscaldarsi.

La sua richiesta di un matrimonio non tradizionale era

forse dettata dalla paura del sesso? Aveva pensato che fosse perché lei dubitava della sua capacità di essere un marito adatto. O perché non lo amava e non aveva alcun interesse a darsi a un uomo che non conosceva o non amava. Strisciò sotto le coperte, divaricandole le cosce con le mani. Lei ansimò e cercò di richiuderle di scatto, ma lui le tenne aperte, leccandole le labbra vellutate con la lingua. Il suo sesso si fece turgido, nonostante i colpi che le dava alle cosce. Inserì un dito e la trovò bagnata e viscida. Lei gridò di sorpresa e cercò di divincolarsi di nuovo.

«Calma, calma, amore. È una bella sensazione, vero? Rilassati. Ti prometto che non ti farò del male. Te lo prometto, colombella.»

Mosse lentamente il dito dentro e fuori di lei mentre la lingua le succhiava e leccava il piccolo bocciolo di piacere all'incrocio delle sue labbra interne. Lei gli afferrò la mano e rabbrividì: un orgasmo rapido e piccolo, ma pur sempre un orgasmo. Lui lo considerò una piccola vittoria. Le baciò il ventre fino al seno, dove ne strinse uno mentre le passava la lingua sul capezzolo dell'altro. Lei piagnucolò e si girò sul letto, inarcandosi contro di lui, ma ritraendosi allo stesso tempo. Lui le portò di nuovo le dita al sesso e scoprì che si era prosciugato. Baciandole il collo, si sistemò accanto a lei e la abbracciò. Era abbastanza per una notte. Era la sua prima volta, ed era nervosa. Non c'era bisogno di metterle fretta.

Rimase rigida accanto a lui per un po', finché non sembrò rendersi conto che aveva abbandonato la sua conquista. «Mio signore?» Sentì il suono della sua deglutizione nell'oscurità. «Perché non sei andato avanti?»

«Non eri pronta, colombella. Andremo piano, per essere sicuri che ti piaccia.»

La sua voce lo interruppe, con un tono offeso. «Come fai a sapere se sono pronta?»

Sorrise nell'oscurità. «Il tuo corpo invia certi segnali.»

«E... cosa? Davvero?»

Ridacchiò e le accarezzò l'arco dell'orecchio con un dito. «Sì. Quando una donna è pronta, il suo sesso si apre come un fiore. Si gonfia e diventa umido, per facilitare il passaggio. Non significa che non potrei ancora prenderti – potrei certamente ignorare le mie scoperte -, ma sarebbe molto più doloroso per te.»

«Oh.» Sembrava sbalordita. «Io... io non l'ho mai saputo.»

E poi lo stupì scoppiando a piangere. «Phoebe. Phoebe, tesoro mio» la calmò. «Non piangere, colombella.» Le rotolò sopra e la bloccò. «Non piangere, stupida paperella, o ti lecco» la minacciò, passandole la lingua dalla mascella alla tempia.

«Che schifo!» esclamò lei, cercando di voltare la testa e ridacchiando tra le lacrime.

«Basta lacrime o ti lecco tutta la faccia.»

«Sei incorreggibile.»

«Mmm, è quello che diceva sempre mia madre» disse con leggerezza.

Capitolo quattro

La vergogna le bruciava la gola mentre giaceva tra le braccia di Teddy, ascoltando il suo respiro che rallentava fino a diventare sonnolento. Aveva pensato di farcela, voleva farlo... Dio, quanto avrebbe voluto farlo! E lui le aveva offerto fedeltà!

Ma era impossibile. Non riusciva a pensare ad altro che a Reddington, che l'aveva sorpresa da sola nella sua biblioteca mentre Maud era fuori. Aveva capito nel momento in cui aveva chiuso la porta che qualcosa non andava: la stava osservando in modo malsano da quando era andata a vivere con loro dopo essersi diplomata. Si era alzata dalla sedia.

«Phoebe» aveva detto. «Sei diventata una donna adorabile.»

«Grazie, milord» aveva detto lei, facendo un inchino e facendo un passo indietro.

«Penso che sia diventata ancora più bella di Maud.» La sua voce era stata suadente come un velluto pericoloso mentre avanzava lentamente verso di lei.

«Oh, direi di no!» La raggiunse e le sue mani scattarono ad afferrarle le braccia. Emise un suono schioccante con la lingua. «Non contraddirmi. Sei adorabile. Vorrei vedere tutto di te.»

«Beh, non puoi!» aveva sbottato in preda al panico.

«Non posso?» disse lui, con voce imperturbabile. «Non ruberò la tua virtù, voglio solo dare un'occhiata.» Una delle sue grandi mani le aveva infilato un dito nel vestito e le aveva tirato fuori il seno.

«No! No, mio signore. Per favore!» aveva gridato, ma si era subito resa conto di non avere alternative. Era a casa di Reddington e lui era il suo tutore. Se lo avesse fatto arrabbiare, avrebbe potuto cacciarla di casa, e con entrambi i genitori morti, non aveva nessun altro posto dove andare. Quindi glielo aveva permesso. Lui non le aveva tolto la virtù, ma le aveva palpato i seni e le aveva infilato le dita nelle mutande, e sebbene lei si fosse dimenata troppo per permettergli di accedere al suo sesso, lui l'aveva punzecchiato e stuzzicato mentre lottavano. Era stato terribile. E sapeva che ci avrebbe riprovato se non si fosse allontanata da casa sua. Il tocco di Teddy era delicato – esperto, ne era certa – ma le ricordava troppo Reddington, lo stesso. Non poteva fidarsi – non poteva permettere che il suo corpo venisse usato in quel modo da un uomo. Era troppo disgustoso per lei. No, era meglio tornare all'accordo di prima. Inoltre, nonostante la sua promessa di fedeltà, era chiaro che nessuno se lo aspettava da lui. Quindi, anche se fosse riuscita a concedersi a lui, le avrebbe solo spezzato il cuore. Non ci si poteva fidare di lui. Ma non glielo avrebbe detto quella notte. Per una sola notte avrebbe dormito nel suo letto e avrebbe scoperto cosa significasse essere una moglie.

Dormiva leggermente, non abituata alla sensazione di un altro corpo accanto a sé, ma apprezzava la sensazione della sua mano pesante sulla vita, il rumore del suo respiro che si faceva più profondo nel sonno. Quando lui si svegliò, lei saltò giù dal letto, solo per trovarsi le sue mani intorno alla vita, che la tiravano indietro. «Dove pensi di andare?»

«Al gabinetto?»

La lasciò andare. «Va bene, allora. Ma non voglio che tu ti rintani nella tua tana come un coniglio spaventato.»

«Coniglio spaventato?» esclamò con indignazione, colpendogli la spalla con il dorso della mano. Lui le diede una pacca sul sedere mentre scivolava via e lei non poté fare a meno di ridacchiare. La sua provocazione le rese impossibile pronunciare il discorso che aveva provato in silenzio sul ritorno al loro precedente accordo. Avrebbe dovuto dirglielo più tardi, dopo che lui fosse andato al Parlamento e fosse tornato. Le avrebbe dato l'opportunità di mettere un po' di distanza tra loro. Ma quando tornò, era di ottimo umore, la salutò con un bacio sulle labbra, stringendola a sé con la mano sulla nuca. Tutto il suo corpo si trasformò in budino e la sua determinazione svanì.

* * *

«Ti ho portato qualcosa, piccola colombella» disse Teddy, tamburellando sulla tasca della giacca. «Ma dovrai aspettare fino a dopo cena.»

«Oh, è un vero provocatore, vero?» esclamò Wynn, guardandoli con interesse. Il viso di Phoebe si fece rosso. Aveva programmato di parlare con Teddy prima che chiunque altro in casa pensasse che vivessero come marito e moglie.

Sentì lo stomaco contrarsi per tutta la cena, mentre lanciava occhiate furtive al suo bel marito, già nauseata dal desiderio di ciò che sapeva di non poter avere. Quando il pasto finì, Teddy le sorrise raggiante. «Sei pronta per il tuo regalo?»

Sentendosi soffocare nel suo abito a maniche lunghe nonostante il freddo autunnale, si tirò le dita. «Sì. No... voglio dire, potremmo parlare in privato?»

Teddy inarcò un sopracciglio in modo allusivo. «La mia camera da letto o la tua?»

«Teddy!» lo ammonì Wynn.

«Il tuo studio?»

«Come desideri» disse lui con tono disinvolto, porgendole il braccio per accompagnarla.

Lei lo prese e lui le rivolse un sorriso radioso, accendendole una nuova vampata di calore, questa volta nel suo nucleo. Chiuse la porta e la condusse al divano, sedendovisi sopra e attirandola in grembo.

«Devo sedermi sulle tue ginocchia?»

«Preferisci sdraiarti di nuovo?»

Il suggerimento le fece formicolare il sedere e le provocò una curiosa contrazione tra le gambe. «Teddy, per favore! Ho qualcosa di serio da discutere con te e non posso... preferirei semplicemente non sedermi su di te.»

Rise con facilità e la aiutò ad alzarsi, dando una pacca sul cuscino di velluto accanto a lui. Lei ci si lasciò cadere sopra e strinse le ginocchia.

«Prima i regali» insistette Teddy, infilando una mano in tasca e tirando fuori una lunga scatola rettangolare legata con un nastro giallo.

«Cos'è?»

«Aprilo» disse, con il suo entusiasmo fanciullesco ancora più affascinante della sua solita civetteria.

Tirò l'estremità del nastro di raso e aprì la scatola, aspettandosi di vedere una collana o un braccialetto. Invece conteneva una bellissima penna d'oca in tartaruga, molto simile alla sua.

«Ho notato che hai rotto la mia penna e quando l'ho

portata a riparare ho pensato, come scrittrice in famiglia, che te la meritavi.»

«Oh, Teddy!» esclamò, sopraffatta. «È stato così premuroso. Grazie!» Il petto le sembrava sul punto di esplodere. Era infinitamente meglio di un gioiello. Era esattamente ciò che aveva più desiderato in tutta la casa ben arredata di Teddy. Pensare che la conoscesse abbastanza bene da aver scelto il regalo perfetto... beh, era travolgente.

Teddy doveva vederla davvero, capirla davvero per quella che era. Nessuno, in tutta la sua vita, aveva mai notato nulla di lei. I suoi genitori erano stati come Maud: principalmente egoisti. Si era fatta qualche amica al liceo, ma le ragazze erano concentrate solo a trovare marito o a parlare di moda, e lei si era sempre sentita un pesce fuor d'acqua, preferendo leggere, sognare a occhi aperti o scrivere poesie.

Non solo Teddy la vedeva davvero, ma doveva anche apprezzarla, altrimenti non l'avrebbe sostenuta così tanto. «Mi piace» sussurrò, con le labbra tremanti e la vista che le si faceva più confusa. «Mi piace tantissimo.»

Le passò un dito sulle labbra, poi si chinò per sfiorarle con le sue. Non avrebbe dovuto permetterglielo, ma semplicemente non riusciva a liberarsi dalla sua portata, desiderando provare di più la sensazione di fluttuare che lui le creava dentro. Ma no. Si scosse e si ritrasse bruscamente, sbattendo le palpebre. Ci volle tutta la sua determinazione. Costringendosi a rivivere un momento in cui le orribili mani di Reddington le palpeggiavano il corpo, si fece coraggio.

«Teddy, ascolta. Ho cambiato idea. Di nuovo. E mi dispiace.»

Incrociò elegantemente una gamba sull'altra e appoggiò il braccio sullo schienale del divano dietro le sue spalle. «Cosa c'è, amore?»

«Intendo dire che dovremmo tornare alla nostra situazione originale, quella in cui puoi vedere altre donne e dormiamo in letti separati.»

Le gambe si sciolsero e lui si sedette più dritto. «Cosa?» chiese bruscamente. «Perché?»

«Non importa perché, è quello che desidero.»

Scosse la testa. «Non è quello che io desidero.»

Lei aggrottò la fronte e prese fiato, non aspettandosi un litigio. «Beh, hai promesso che avresti fatto del tuo meglio per rendermi felice, no? Questo mi renderà felice.»

Aggrottò le sopracciglia. «Come ti renderà felice?»

«È quello che voglio, va bene?» scattò lei.

«No.»

Come quando le aveva dato una sculacciata, provò la curiosa riconciliazione tra il gentiluomo affabile e disinvolto con il signore e padrone che aveva ancora il controllo assoluto. Improvvisamente si sentì impotente come quando viveva con Maud e Reddington. «Vuoi forse togliermi la possibilità di scegliere?» chiese con la voce rotta.

«No, certo che no!» disse irritato, alzandosi e camminando avanti e indietro per la stanza. «Non prenderei mai una donna contro la sua volontà. Voglio solo capire perché. Hai paura che non sarò fedele?»

«Non importa perché!» Anche Phoebe si alzò, stringendosi i pugni all'ombelico.

Sentì una stretta al petto, che gli fece capire quanto fosse stata importante per lui la sua resa la sera prima. Cosa nascondeva dietro la sua spavalderia ora? Poteva vedere la sua angoscia, ma non sapeva come alleviarla. Attraversò la stanza verso di lei e le afferrò le spalle. «Hai paura che ti farà male?» le chiese dolcemente.

Barcollò sui piedi, il petto che si sollevava in modo innaturale, come se il corsetto le stesse impedendo di respirare troppo. La tenne stretta, per paura che svenisse.

«Ti prometto che non ti farò male. Andremo molto piano e non spingerò se non sei pronta.»

Rabbrividì sotto le sue mani. «Per favore, lasciami andare» sussurrò, con gli occhi lucidi di lacrime.

La lasciò andare. «Phoebe» la implorò, ma lei si era già voltata per scappare, scivolando attraverso la porta e chiudendola prima che lui potesse parlare di nuovo.

Il peso che gli opprimeva il petto si fece ancora più forte, come se un'enorme pietra gli fosse stata addosso, e lui guardò intorno nella stanza, come se la risposta a quel mistero potesse trovarsi in uno dei suoi libri o fogli. La scatoletta con la penna era sul divano, dove l'aveva lasciata. La raccolse e la rigirò tra le dita.

Non lo amava? O aveva paura di fare l'amore? O si trattava della questione più profonda della fedeltà?

Diavolo, chi era lui per prometterle fedeltà, quando il periodo più lungo in cui era stato con la stessa donna era durato cinque mesi e mezzo? Eppure, non si era mai sentito così per una donna prima. Era completamente affascinato da lei. Lei era tutto ciò a cui riusciva a pensare: non passava un momento della sua giornata senza che ricordasse qualcosa che aveva detto, il suo aspetto quando era a suo agio, o un verso di una sua poesia. Per una volta nella sua vita, l'attrazione non era puramente fisica. In effetti, nonostante avesse trascorso molti anni a giurare di opporsi alle vergini, non gli importava affatto delle sue acrobazie a letto, non che non bruciasse di un oscuro desiderio per lei.

Anche se non ne era sicuro, pensò, con Phoebe, poteva

essere diverso. Forse non era destinato a ricreare lo stesso infelice matrimonio di suo padre. Eppure... e se si fosse sbagliato? E se avesse spezzato il cuore dell'unica donna che avesse mai... amato? Era vero: la amava. La amava in tutte le sue incongruenze: la dolcezza e la furia, la passione e la moderazione. Amava l'intelligenza, la profondità della sua personalità. Amava averla in casa, averla al suo fianco. Voleva possederla completamente: mente, corpo e anima. Eppure, cosa importava? Lei non era disposta a condividere nulla di tutto ciò, comunque. Sembrava che non riuscisse a conquistare la sua fiducia. Forse perché non era degno di fiducia.

Infelice, portò la penna in camera sua e chiese al suo cameriere di passarla alla cameriera di Phoebe il prima possibile. La sensazione di avere un sasso sul petto non svanì. Trascorse le settimane successive in uno stato confusionale, mentre sua sorella e Phoebe si preparavano per il ballo di fine anno, e lui si nascondeva nella sala da gioco. Ma l'arrivo di sua madre lo costrinse a fare buon viso a cattivo gioco. La trovò in salotto con Wynn e Phoebe quando tornò a casa e allargò le braccia, con un ampio sorriso sul volto. «Madre, mammina!»

Si alzò ridendo. «Ma sentiti – 'mammina' - che ridicolo ragazzo!»

Le baciò entrambe le guance dopo averla stretta in un grande abbraccio. «Sì, certo che sono ancora il tuo ridicolo ragazzo. Torna a sederti, devi essere esausta.» La rimise a posto e si accovacciò accanto a lei, tenendole la mano tra le sue. «Crandal si è preso cura di te durante il viaggio?»

«Sì, sì, lo sai. Prendi una sedia, Teddy.»

Si portò la mano alle labbra e ne baciò il dorso, poi si alzò e diede un bacio anche sulle guance di Wynn e Phoebe. «Vedo che hai conosciuto la mia affascinante moglie?»

Sua madre lo stava scrutando intensamente. «L'ho conosciuta» disse. «Ed è davvero affascinante.»

Esitò, chiedendosi se le signore le avessero già detto la verità. Meglio ora che dopo, pensò. «Ti hanno raccontato come l'ho convinta a diventare mia moglie?» chiese con leggerezza.

«No, non ho ancora sentito la storia. Siediti e raccontamelo.»

Lanciò un'occhiata a Wynn, che fece una piccola scrollata di spalle. Avvicinò una sedia a quella della madre e si sedette, prendendole la mano in grembo. «Beh, a quanto pare, quando non è una dama di notevoli successi, si assume i doveri del cavaliere in armatura scintillante.»

Vide Phoebe alzare gli occhi al cielo e sorridere e le fece l'occhiolino.

«E così, stavo rendendo cornuto il marito di sua sorella, quando detto marito è tornato a casa, e la bella Phoebe mi ha rivendicato come suo amante. Quindi, vedi, avendo rovinato la sua reputazione per salvarmi dalla pistola puntata in faccia, non ha avuto altra scelta che prendere il titolo di Lady Fenton e farne buon viso a cattivo gioco.»

«Oh, Teddy» disse sua madre. Poteva sentire la delusione nella sua voce e gli fece male quanto aveva previsto.

«Lo so, mamma. Lo so.» Guardò dall'altra parte della stanza e incrociò lo sguardo di Phoebe, il suo splendido blu fiordaliso messo in risalto dall'abito blu intenso che indossava. Per un attimo, un messaggio corse tra loro, il suo rammarico, e forse da parte sua, un perdono. Lei gli rivolse un debole sorriso e lui perse la cognizione dei suoi pensieri, catturato solo dal desiderio di riabbracciarla, di rivendicarla come moglie – la sua vera moglie. Solo che lei non lo voleva. «Phoebe ha chiesto un matrimonio solo di facciata. In cui a ciascuno di noi siano concesse certe... libertà.»

La tristezza sul volto di sua madre era più di quanto potesse sopportare. Si alzò di scatto e camminò avanti e indietro per la stanza. Quando nessuno parlò, si rivolse di nuovo alle signore. «Vado a rinfrescarmi prima di cena. Ci vediamo a tavola», disse con un inchino.

* * *

Maud e Reddington sarebbero stati al ricevimento. Non le importava nulla del resto degli invitati, ma rivedere la sua ex famiglia le metteva lo stomaco sottosopra. Maud non le aveva fatto visita nemmeno una volta dal giorno del matrimonio. Nemmeno una. Aveva mandato qualche biglietto suggerendo a Phoebe di andare a trovarla, ma Phoebe non sopportava di tornare in quella casa. Aveva risposto educatamente, ignorando i suggerimenti di Maud e facendo capire chiaramente che era la benvenuta. Ovviamente, non l'aveva mai fatto.

Ora, mentre si guardava allo specchio mentre la sua cameriera le fissava i capelli nella tiara di perle che la contessa vedova le aveva portato, non riusciva a pensare ad altro. Indossava un abito di seta color lavanda. La scollatura era aperta fino alle spalle, con ampie maniche a sbuffo che si restringevano appena sotto il gomito, dove si univano ai guanti. Teddy le aveva comprato dei nuovi guanti bianchi e sotto l'abito lungo indossava degli stivali bianchi di vitello. Nastri dello stesso color lavanda ornavano l'abito con fiocchi sulle maniche e sulla scollatura della schiena. Il centro dell'abito si apriva in una profonda scollatura a "V", mettendo in risalto la vita con il corsetto.

Vivere nell'agio e nella comodità della casa di Lord Fenton faceva risaltare in netto contrasto la vita che aveva lasciato. Lì, ogni suo desiderio veniva esaudito: dopotutto, era la padrona di casa, non che si fosse davvero calata nel ruolo. Eppure, non doveva giustificare il suo desiderio di farsi un bagno, né chiedere il permesso di bere cioccolata. Lei e Wynn avevano a disposizione una carrozza tutta per loro per fare visite o andare a fare shopping, e Fenton le aveva aperto dei conti nei negozi di Bond Street. Ma non era la ricchezza a fare la differenza. Anche Reddington aveva soldi; solo che era restio a condividerli. O forse era perché si godeva il controllo che esercitava sulla sua vita non concedendogliene.

Non voleva più rivederlo. Come si sarebbe comportato? Cosa le avrebbe detto? Sarebbe stato educato e avrebbe fatto finta di niente? L'avrebbe guardata con aria lasciva come faceva prima? Teddy l'aspettava sul pianerottolo, elegante come sempre nel suo elegante abito nero con cravatta bianca. Sembrava turbato da quando lei gli aveva detto di voler tornare al loro primo accordo, e dall'arrivo di sua madre, sembrava decisamente tormentato. La delusione della contessa vedova per il matrimonio era palpabile, sebbene non fosse rivolta a Phoebe, bensì a Teddy.

La sua devozione per la madre era commovente: il modo in cui si inginocchiava accanto alla sua sedia e le teneva la mano, la sua attenzione a ogni suo bisogno. Era lo stesso affetto che l'aveva commossa quando lo aveva visto confortare la sorella dai Reddington. Di nuovo, una tale capacità di relazioni tenere sembrava in contrasto con il suo libertinaggio. Chiaramente c'era molto amore nella loro famiglia, ma c'era anche un senso di tragedia condivisa. Era come se Teddy e Wynn volessero proteggere la madre dal suo matrimonio, eppure lei non ne era sembrata minimamente scandalizzata. Anzi, sembrava essersi aspettata questo tipo di esito per Teddy. Non sapeva cosa pensare.

«Per te» disse, infilando una mano in tasca e tirando

fuori una collana di perline che si abbinava alla parrucca che indossava. Le piaceva piuttosto che non le avesse presentate in una scatola come un gesto grandioso, perché rendeva la penna d'oca che le aveva regalato ancora più speciale. «Me lo permetti?» chiese, con modi perfetti e formali. Si voltò e gli offrì il collo, sentendo il tocco della sua manica mentre lui chiudeva abilmente la chiusura. Si bloccò quando sentì le sue labbra sulla nuca darle un bacio leggero. Le produsse un brivido di piacere e un calore le si accumulò tra le gambe mentre raddrizzava la schiena per nascondere la sua reazione. Espirò, voltandosi per prendergli il braccio. «Sei bellissima» disse lui, con voce profonda, che risuonò nel profondo del suo essere. «Quel vestito fa risaltare il viola dei tuoi occhi.»

Abbassò le ciglia, sentendosi improvvisamente in imbarazzo. Il suo apprezzamento non avrebbe dovuto significare così tanto per lei, ma non era così. Per un attimo, finse che fosse un corteggiatore venuto a farle visita e si concesse il piacere inebriante della sua attenzione, inalando il suo profumo maschile, lanciando occhiate furtive ai bei lineamenti del suo viso. Per un attimo, finse che si stessero corteggiando, piuttosto che essere una coppia sposata che teneva letti separati.

Scesero al piano di sotto e lei prese posto accanto a lui, accogliendo i loro ospiti, facendo del suo meglio per ricordare i nomi con i volti e mettendo a frutto tutte le sue buone maniere. Arrivarono Maud e Reddington, e lei si irrigidì, ma Teddy reagì con la stessa sicurezza con cui gestiva tutto, accogliendoli e congedandoli di fatto tutti in un fiato.

«Ah, i miei nuovi cognati» disse, inchinandosi. «Benvenuti. Siamo così contenti che abbiate potuto unirvi a noi. La banda sta per iniziare, se volete ballare.» Quando la maggior parte degli ospiti fu arrivata, Teddy la condusse fuori per un valzer, tenendola stretta mentre la guidava con grazia nei passi. Il suo corpo si sentiva potente contro il suo, il calore della sua mano sulla schiena quasi la scioglieva. Le dispiacque quando finì, perché era la prima volta quella sera che si allontanava da lui e per un attimo si sentì persa. Sentendo il bisogno di sfuggire alla folla, sgattaiolò in camera sua per chiedere alla cameriera di rimettere a posto alcune forcine che le erano cadute dai capelli. Quando uscì dalla camera, si fermò di colpo.

Reddington se ne stava lì, con un'imponente minaccia dipinta sul volto. Lei si ritrasse con un sussulto, ma non volendo che la cameriera sentisse, chiuse la porta e gli si mise di fronte.

«Lo sa?» chiese piano.

Cercò di riprendere il controllo del respiro, per paura di svenire nel suo stretto corsetto. «Sa cosa?» riuscì a dire.

«Di noi.»

La mente vagò vorticosamente. Immaginava che fossero stati amanti? Aveva trasformato quello che le aveva fatto in una sorta di relazione? E, cosa più importante, come avrebbe dovuto rispondere? Non voleva incoraggiare nessuna bizzarra idea che lui avesse sulla natura del loro passato, né voleva che lo rivelasse a Teddy. Rendendosi conto che quest'ultimo era più importante per lei, respirò profondamente. «No. Non lo sa. E non glielo dirò.»

«Come hai potuto...» iniziò Reddington, ma si fermò di colpo al suono di qualcuno che si schiariva la voce.

Alzò lo sguardo e il suo cuore si fermò. Teddy era in cima alle scale, il viso pallido in contrasto con gli occhi scuri mentre li osservava. Dio mio, cosa aveva sentito?

«Teddy!» esclamò, correndo avanti. «Ti stavo proprio cercando.»

* * *

«Davvero?» chiese Teddy meccanicamente, ma lui le permise di afferrargli il braccio per poterla riportare di sotto. Riusciva a malapena a respirare. Mai prima d'allora aveva fatto un simile errore di valutazione in vita sua.

Phoebe e Reddington.

Avrebbe dovuto saperlo, ma non l'aveva visto. Non c'era da stupirsi che Reddington fosse così arrabbiato con lei la notte in cui aveva trovato Teddy a casa sua. Doveva amare profondamente Reddington, troppo per continuare a vivere sotto lo stesso tetto mentre lui era sposato con sua sorella. Aveva fatto bene a cogliere l'occasione per andarsene, ma Dio, era stato preso in giro! E non c'era da stupirsi che non volesse consumare il loro matrimonio quando il suo cuore apparteneva a qualcun altro!

Quando raggiunsero il tavolo dei rinfreschi, lui le porse un bicchiere di champagne prima di berne uno a sua volta. Le mani le tremavano così tanto che si versò il liquido sul davanti del vestito cercando di portarlo alle labbra. Quando incontrò i suoi occhi, c'erano le lacrime. Sebbene si sentisse come se una gigantesca frattura lo avesse diviso in due, non poteva biasimarla. Non aveva mai finto di amarlo, pur avendolo ingannato e convinto a sposarlo. Viveva in una situazione dolorosa e lo aveva usato come un mezzo per uscirne. Ma questo non cambiava il fatto di averlo tirato fuori da una situazione difficile. Quindi erano stati in debito l'uno con l'altra. O forse lo erano anche ora.

«Va tutto bene, colombella. Ecco» disse, tirando fuori il fazzoletto e tamponando il liquido sul suo vestito. «Andrà tutto bene.»

Lo scrutò negli occhi, come se cercasse di capire se si riferisse all'abito o alla loro finta unione. Aprì le labbra come per dire qualcosa, ma poi le richiuse. «Grazie» mormorò con aria sconsolata, prendendogli il fazzoletto e abbassando lo sguardo sul suo abito, dove si concentrò con attenzione.

Poteva perdonarla, poteva provare compassione per lei, ma non poteva più stare lì con lei, con il dolore al petto che cresceva di minuto in minuto. «Mi vuoi scusare?»

Alzò lo sguardo, con la preoccupazione che le offuscava il viso, ma rispose immediatamente: «Sì, certo.»

Si diresse verso il suo studio, invitando Maury Stanley, suo amico d'infanzia e fratello di Kitty, a unirsi a lui.

«Perché l'hai fatto, amico mio? Pensavo che avessi sempre giurato di non essere tagliato per il matrimonio. Sembri proprio infelice.»

«Davvero?» Versò due bicchieri di brandy e ne porse uno a Maury, mescolando il suo. «È solo un matrimonio fasullo, tutto qui.»

«Ah. Capisco. Vuoi raccontarmi la storia?»

Fornì a Maury i dettagli essenziali, omettendo la parte in cui l'aveva vista con Reddington quella sera. Sfogare i propri scandali era una cosa, ma non avrebbe mai rivelato quelli di lei.

«Beh, sembra che siate entrambi pronti a trarre il meglio dalla situazione. E considerando che lei ti ha offerto completa libertà, non mi sembra che tu abbia molto di cui lamentarti.»

«No, hai perfettamente ragione», concordò cupamente.

Fece il suo dovere di padrone di casa per il resto della serata, incantando la folla come era suo dono, ma fu un sollievo quando se ne andarono tutti. Rimase fuori, appoggiato al lampione, a guardare i servitori che spegnevano le candele.

«Le vuoi bene, vero?» chiese dolcemente la voce di sua madre da dietro.

«Mamma.» Le mise un braccio intorno alle spalle e la strinse al suo fianco.

«Lo capisco da come la guardi.»

Sospirò. «Sì, ma è innamorata di un altro. Qualcuno che non può avere.»

Sua madre rimase in silenzio.

«Pensi che me lo meriti, vero?»

«Certo che no, Teddy. Perché dici questo?»

«Per tutti i cuori che ho spezzato?»

«Sono sicura che ce ne siano stati molti, ma da quello che ho osservato, non sei mai stato disonesto. A volte i cuori non possono essere protetti, e a volte i cuori si spezzano. Ma questo non significa che dovremmo perdere la fede nell'amore.»

Fu sorpreso di sentire che lei credeva ancora nell'amore. «Parole sagge da una donna che ha vissuto con il cuore spezzato per tutto il suo matrimonio.»

«Sì, amavo tuo padre. Ma lui non ha mai amato me.»

Teddy si voltò verso di lei con sorpresa. «No?»

«No. Mi ha sposata per la mia ricchezza, senza dubbio. Mi ha affascinata come affascinava tutti, ma non ero diversa da qualsiasi altra donna che frequentava.»

Gli toccò il petto. «Tu *ami*. Lo vedo. Non rinunciare a lei. Il matrimonio dura a lungo, abbastanza a lungo da conquistare il cuore di una donna.»

Si chinò a baciarle la testa brizzolata. «Ti amo, mamma.»

«Sei sempre stato il mio ragazzo splendente, Teddy. So quanto hai cercato di tirarmi fuori dal mio dolore. Mi dispiace di non essere stata una madre felice per te.»

Gli si mozzò il respiro sentendola parlare con tanta franchezza. Le sue parole gli fecero stringere il cuore con un sussulto doloroso. «Sei stata una madre perfetta. Sempre.

Mi dispiace di non aver potuto essere di più per te. So di essere stato una delusione.»

«No! Teddy, non è vero. Non sono mai stata delusa da te.»

Ma era vero ed entrambi lo sapevano. Fissavano il cortile illuminato dalla luna in silenzio.

«L'ho visto in te, è vero» ammise infine. «Credo di aver odiato la cosa. Sei affascinante proprio come lui: conquisti le donne e poi le ignori quando ti stanchi di loro.»

Espirò lentamente. «Tutti si aspettavano che fossi come lui. Tu, lui, ogni familiare e amico. Come potevo non essere ciò che ci si aspettava da me? Tutto quello che dicevano di me era: 'È proprio come suo padre'. E se non fossi affatto come lui? E se fossi capace di amare una sola donna per il resto della mia vita?»

Sua madre si voltò verso di lui, con un'espressione quasi severa. «La fedeltà è una scelta, Teddy. Come ho detto, il matrimonio dura molto a lungo. Non si rimane innamorati della propria moglie per tutta la vita. Ci si innamora, ci si disinnamora e ci si innamora di nuovo. Quando ci si sente attratti da qualcun altro, ci si ricorda che è successo e si sceglie di non agire in base ai propri sentimenti. Questa è la cosa più onorevole da fare.»

Scioccato da questo consiglio di sua madre, lasciò che si sedimentasse.

«Sei una persona onorevole, Teddy. Se scegli di essere fedele, lo sarai. Certo che ne sei capace! Essere donnaiolo non è una malattia ereditaria; è un comportamento che ti è stato insegnato e tollerato da tuo padre. Le abitudini possono essere cambiate da chiunque abbia una volontà propria.»

Annuì serio. «Grazie, mamma.»

Capitolo cinque

Una cena dai Reddington era l'ultimo posto in cui desiderava essere. Teddy l'aveva informata quella mattina che ci sarebbero andati. Wynn era partita per accompagnare la madre in campagna, con l'intenzione di tornare con i Westerfield, che sarebbero andati nella loro casa nelle vicinanze in una settimana. Teddy aveva avuto un'espressione vuota fin dal ballo, ma era stato educato e premuroso come sempre, senza mai menzionare Reddington. Non era ancora sicura di quanto avesse sentito, ma sapeva che gli era bastato per credere che avesse una relazione con suo cognato. Purtroppo, non poteva dissuaderlo da quell'idea senza raccontargli la verità, e aveva intenzione di portarsi quel segreto nella tomba. Non riusciva a capire perché fossero stati invitati a una cena da sua sorella, tanto meno perché Teddy avesse accettato, ma non riusciva a immaginare di avere altra scelta, quindi era vestita e pronta quando lui tornò dal Parlamento. L'unica paura che continuava a tormentarla era che Teddy avesse deciso di ricominciare da capo con Maud. Pur sapendo che era ingiusto, non sopportava l'idea che lui si intrattenesse con sua sorella.

La salutò con il suo solito bacio sulla guancia. «Sembra che tu sia pronta.»

«Lo sono.»

Le tese il braccio. «Allora andiamo, va bene? Ho delle novità da dirti quando saremo in carrozza.»

La aiutò a salire in carrozza, sedendosi di fronte a lei. Era la prima volta che erano insieme in carrozza dopo l'incidente di Hyde Park, e lei si ritrovò ad arrossire al ricordo. Come se sapesse esattamente cosa stesse pensando, sollevò leggermente gli angoli della bocca.

«Hai detto di avere novità?» chiese per distrarlo.

«Certo. Ho trovato un editore per le tue poesie.»

Sentì un selvaggio ululato di vento alle orecchie. «Prego?»

«Le tue poesie saranno pubblicate, in due volumi, come avevo suggerito.»

«Teddy... no! Davvero?» Si coprì la bocca con le mani, non fidandosi di essere in grado di dire qualcosa di coerente. «Beh, non può essere! Ne sei sicuro?»

Lui fece un ampio sorriso. «Sì, sicurissimo.»

Si gettò verso di lui, abbracciandolo al collo. «Grazie! Oh, grazie, Teddy! Non ci posso credere. Non ci posso credere! Le hanno lette? Le hanno lette o li stai pagando per pubblicarle?»

Rise. «L'editore le ha lette e le ha trovate deliziose tanto quanto me. E no, non sto pagando per la loro pubblicazione, ma credo che l'editore speri che la mia influenza aiuti a vendere i volumi.»

«Quando saranno pronti?»

«Non ne sono sicuro, tesoro, ma sarai la prima persona a cui lo dirò quando avrò la notizia.»

Riacquistata un po' la lucidità, si risedette, lisciandosi la gonna sulle ginocchia. La gioia le diede coraggio. «Teddy?»

«Sì, cara?»

«Hai di nuovo una relazione con mia sorella?»

Le sue sopracciglia si unirono di scatto. «Non fare la sciocca. Ti ho detto che non l'avrei più rivista e non lo farò.»

«Sì, ma...» deglutì. «Questo era prima...»

La salvò. «Ah, sì. Beh, intendo mantenere la parola data, a prescindere dai tuoi continui cambiamenti alle regole.»

Le sue parole furono taglienti, ma quando posò gli occhi sul suo viso, lui le fece l'occhiolino. Lei emise un respiro affannoso.

«Non è questo... voglio dire, non mi importa delle altre donne. Ma forse non di lei? So di non avere il diritto di chiedertelo...»

«Phoebe, basta» la interruppe bruscamente. Scosse la testa con gli occhi chiusi come se fosse molto stanco. «Basta.»

«Perdonami» disse con un filo di voce.

«Phoebe...»

«Sì, mio signore?»

Teddy sembrava avere un osso incastrato in gola. «Phoebe, voglio solo che tu sappia...» Si tirò la cravatta. «Se desideri lo stesso tipo di libertà che hai offerto a me, te la concederò.»

Lo guardò a bocca aperta, sbalordita. «Milord?»

«Se desiderassi stare con un uomo, non te lo negherei. Non mi piacerebbe se generassi eredi che non fossero miei, ma...»

«Non importa!» esclamò. «Non ho alcun interesse, grazie mille.» Il viso le bruciava di vergogna. Aveva capito: le stava offrendo Reddington. Questo spiegava perché avesse accettato l'invito a cena. Si sentì stringere il petto.

La carrozza si fermò rumorosamente davanti alla casa fin troppo familiare. Solo a vedere la porta d'ingresso si sentì stringere dallo stomaco fino alle scarpe. Quanto odiava quel posto. Teddy scese dalla carrozza e la sollevò. Non tralasciò mai una sola cortesia, trattandola sempre come la dama più raffinata con i suoi modi premurosi.

Proprio come al loro ballo, il fascino di Teddy la salvò da ogni sgarbo quando salutarono Reddington e Maud. La cena era popolata – sette coppie in tutto – quindi, una volta ammessi, le fu facile nascondersi tra gli altri ospiti. Dopo cena, la compagnia si trasferì in salotto, dove Maud suonò il pianoforte e cantò, ostentando le sue doti come se fosse una donna nubile in cerca di marito.

«Phoebe, corri di sopra in camera mia a prendere il resto degli spartiti, per favore?»

Sospirando, Phoebe si alzò, ricadendo nel ruolo irritante della cameriera di sua sorella. L'odore familiare delle stanze le evocò ricordi opprimenti, non solo quelli di Reddington, ma anche della vita sotto il dominio di Maud. Si fermò davanti alla loro stanza, improvvisamente odiando sua sorella per averle affidato quella commissione. Avrebbe potuto mandare una cameriera! Strinse i denti e afferrò la maniglia della porta, la girò ed entrò. La musica era proprio dove Maud aveva detto che sarebbe stata, ma mentre si girava per andarsene, si bloccò.

«Mi è sembrato di vederti salire qui» disse Reddington, incombendo sulla soglia con un'occhiata maliziosa che le fece venire la bocca secca.

«Sono venuta per gli spartiti di Maud. Ora devo tornare indietro.»

Chiuse la porta. «Sono sicuro che non c'è fretta. Mi sei mancata.»

Gli era mancata? No, non gli poteva mancare qualcuno

che non si era mai preoccupato di conoscere. Gli era mancata l'occasione di stringersi a lei in modo inappropriato, piuttosto, sarebbe stato più corretto.

«Oh?» disse, con la rabbia che le dava coraggio. «Tu non mi sei mancato.»

Si diresse verso la porta, che lui stava bloccando e le mancò il fiato quando la afferrò per la vita con entrambe le braccia, sollevandole i piedi da terra.

«Lasciami andare!» urlò, il panico superò la cautela di essere sentita. «Lasciami andare, non voglio più rivederti! Toglimi le mani di dosso o urlo!» Lottò per liberarsi dalla sua presa, mentre una delle sue mani le frugava tra le gambe.

La porta si spalancò e Teddy irruppe dentro. Si lanciò su Reddington, afferrandogli la gola con una mano e trascinandolo indietro finché non sbatté contro il muro, trascinandola ancora con sé.

«Lasciala andare» sibilò Teddy. La sua disinvoltura era scomparsa, sostituita da un'aggressività mirata. Sembrava letale.

Le braccia di Reddington all'inizio si limitarono a stringersi, ma poi si spalancarono ed emise un gorgoglio, mentre la presa di Teddy gli bloccava la presa d'aria.

Teddy lo tirò indietro e poi lo sbatté di nuovo contro il muro. «Cosa stavi facendo con lei?» La guardò oltre la spalla, come se cercasse di capire la situazione. «Cosa hai fatto?» Il sospetto si era insinuato nella sua voce, come se avesse già intuito il suo terribile segreto.

Reddington emise un altro gorgoglio.

«Teddy!» gridò, temendo che lo avrebbe ucciso.

Lui la guardò. «Ti ha forzata? In passato?» Riportò l'attenzione su Reddington, premendo il proprio viso contro il suo. «L'hai fatto?»

«Teddy!» Il viso di Reddington era diventato viola.

Allentò la presa, ma non lo lasciò andare, permettendo a Reddington di riprendere fiato.

«Lo ha fatto, Phoebe?» chiese Teddy dolcemente questa volta, mentre Reddington tossiva.

«N-non completamente» sussurrò, tirando il corsetto per permettere alle costole di espandersi per respirare.

«Ti ha forzata, ma non ci è riuscito, è questo che intendi?»

«Sì, mio signore.»

In un lampo, Teddy fece girare Reddington e gli diede un calcio alle gambe, così lui cadde in ginocchio davanti a lei. Gli tirò indietro la testa tenendo una ciocca di capelli. «Chiedi scusa.»

Reddington emise un ringhio orribile.

Teddy batté le mani ai lati delle orecchie di Reddington, facendolo urlare. «Chiedile scusa. *Subito.*»

«Io... mi dispiace» grugnì Reddington.

«Teddy, andiamo. Per favore. Andiamo?»

Teddy arricciò il labbro guardando Reddington, ma lo lasciò andare e, con un braccio intorno alla sua vita, la trascinò fuori dalla stanza, giù per le scale e fuori dalla porta principale prima che qualcuno potesse fermarli.

La sollevò e la fece salire in carrozza, sedendosi accanto a lei con un braccio intorno alla vita, stringendola al suo fianco. Tremava sul cuscino sottile, sentendosi come se avesse un disperato bisogno di piangere, ma lo shock le impedì di versare le lacrime.

«Sei ferita?» chiese Teddy, scrutandole il viso e la parte superiore del corpo.

Lei scosse la testa.

«Stai bene?» chiese di nuovo, come se avesse bisogno di rassicurazioni.

«Sì.»

Sembrava decisamente agitato, ma continuò a tenerla stretta a sé, accarezzandole il braccio per confortarla.

«Mi dispiace, Teddy.»

Sospirò e scosse la testa. «Avresti dovuto dirmelo, Phoebe.»

Lei si nascose il viso tra le mani. «Non potevo.» Ora la verità era venuta a galla: cosa avrebbe pensato di lei? Si sarebbe reso conto che non aveva dichiarato di essere la sua amante per salvarlo; in realtà, lo aveva fatto per salvare sé stessa. Aveva approfittato indebitamente della sua gratitudine per qualcosa che era stato manipolativo ed egoistico. E ora le sembrava ancora peggio, perché si rendeva conto che aveva ragione: avrebbe dovuto fidarsi di lui. L'aveva difesa da Reddington, pretendendo che le chiedesse scusa *in ginocchio*. Nonostante la sua riluttanza a crederci, Teddy era sempre stato degno della sua fiducia, era lei ad avere i suoi difetti, lei che si rifiutava di credere che lui potesse interessarsi a lei.

Si fece coraggio abbastanza da togliere le mani e lanciargli un'occhiata di sfuggita. Lui sedeva fissando un punto sulla parete della carrozza di fronte a lui, con un'espressione cupa.

«Ti ho ingannato per sposarmi, vero? Pensavi che ti avessi salvato, ma in realtà ero io che avevo bisogno di essere salvata.»

Sbuffò e si passò le dita tra i capelli. «Pensi che non ti avrei salvata se l'avessi saputo?» chiese, con voce profondamente ferita.

«Non ci ho pensato allora, ma ora capisco che mi sbagliavo.»

«Avrei dovuto ucciderlo quella prima notte. Perché non me l'hai permesso?»

«Perché non voglio vederti impiccato!» Quando lui non disse nulla, ripeté: «Mi dispiace.»

Sospirò. «Non sono arrabbiato con te, amore. Sono solo... frustrato.»

Ricordando l'ultima volta che aveva detto quelle parole, lei chiese: «Ti aiuterebbe una sculacciata?»

Emise una breve risatina di sorpresa. «Beh», disse, riflettendo, «una bella sculacciata mi fa sempre sentire meglio.» Le rivolse un sorriso. «Non sono sicuro che migliorerebbe il tuo umore, però.»

Come al solito, le strappò un sorriso. Rabbrividì un po', pensando alla prospettiva di trovarsi sulle sue ginocchia, ma voleva che la sculacciasse, soprattutto se questo lo aiutava a sentirsi meglio. Voleva essere dalla parte giusta dell'unico uomo che meritava la sua fiducia, l'unico uomo che sembrava preoccuparsi per lei.

La condusse di sopra, il suo braccio robusto alla vita, il cuore che le batteva forte in trepidante attesa. Non aveva paura; era più nervosa e forse persino un po' eccitata. La portò in camera sua e la spinse a sedersi sul letto, sorprendendola chinandosi per sfilarle una delle pantofoline. La piegò tra le mani, rivolgendole il suo sorriso sghembo e sollevando leggermente le sopracciglia per farle capire cosa intendesse fare con la pantofola. Lei sussultò quando lui le afferrò entrambe le caviglie e le sollevò completamente in aria, scoprendo il sedere quando gonne e sottovesti le caddero addosso. Si coprì il sedere con entrambe le mani, poi le spostò per coprirsi il viso, sbirciando tra le dita il bel viso del marito. Lui le sbatté la piccola pantofola di pelle su una natica. Lei sussultò per il bruciore, anche se in realtà il suono era peggiore di quanto si sentisse. Lui la sbatté sull'altra natica. Iniziò a punirle il sedere e la parte posteriore delle cosce con la pantofola, e il forte schiocco della suola di cuoio la fece strillare e sollevare il sedere in aria.

«Avresti dovuto dirmelo» ripeté, stringendo i denti con finta ferocia mentre le colpiva il sedere con una rapida raffica di sculacciate. «Allora avrei capito perché ti angosciava fare l'amore.»

«Ooh!» esclamò lei, sussultando per la sua sculacciata. «Lo so! Perdonami!»

«Hai lasciato che pensassi...» Si fermò e sospirò, poi riprese il ritmo delle sculacciate. «Pensavo che lo amassi.»

«No!» esclamò. Allungò una mano indietro e si coprì le natiche doloranti. «Mi dispiace di averti lasciato credere questo. Teddy, mi dispiace tanto.»

Le diede un colpetto sulle mani con la pantofola. «Per favore, togli le mani. Mettile sotto la schiena se non riesci a tenerle lontane... non ho ancora finito di sculacciarti.» Qualcosa nell'autorità con cui la dirigeva le fece cedere gli arti e il calore le inondò tutto il corpo.

Obbedì, infilandosi le mani sotto la schiena, rabbrividendo per quanto si sentisse esposta. A peggiorare le cose, Teddy si chinò e trovò il nastro delle mutande, sfilandogliele dalle gambe.

«Ah, sì» disse. «Sculacciare a mani nude è molto più soddisfacente.»

Il sesso le pulsò in risposta. Teddy si divertiva a sculacciarla e, sebbene lei avrebbe dovuto essere indignata per la perversità della cosa, non lo era. Anzi, sollevò le gambe in aria, offrendogli il sedere. Lui le afferrò le caviglie, baciandole il polpaccio prima di ricominciare a sculacciarla, questa volta sulla pelle nuda, la pantofolina colpiva una piccola superficie ma provocava un bruciore peggiore della sua mano. A tratti le colpiva il sesso esposto e lei sussultava per la sensazione, il calore le inondava l'interno delle cosce.

«Ahi... ahi» gemette, anche se in realtà il dolore era solo superficiale.

«È successo più di una volta?» chiese, con aria seria mentre gettava la pantofola a terra e iniziava a usare la mano. Il palmo le procurava meno bruciore ma più impatto e, nella posizione umiliante in cui la teneva, era più doloroso di quando le aveva dato le sculacciate tenendola sulle ginocchia. Incrociò il suo sguardo e lo tenne fisso mentre le dava una sculacciata, aspettando la sua risposta.

«No. Però vedevo che aspettava sempre un momento per beccarmi da sola. Sembrava solo questione di tempo prima che...»

Sembrò turbato. «Avrei dovuto ucciderlo» borbottò. Alzò lo sguardo di scatto. «Tua sorella lo sapeva?»

Sussultò, sollevando il sedere in aria, divincolandosi dalla sua presa.

«Lo sapeva?» insistette, sculacciandola ancora più forte. «Lo sapeva, Phoebe?» Le lasciò cadere le gambe di colpo e se ne andò, come se si fosse reso conto che la sua rabbia crescente era mal indirizzata.

«Non lo so!» gridò lei, alzandosi a sedere.

Tornò indietro e si accovacciò accanto a lei, con le lacrime agli occhi. «Phoebe... tesoro. Mi dispiace che tu abbia dovuto sopportare una cosa del genere. Dio mio, mi dispiace! Vorrei poter cambiare le cose» disse con voce angosciata.

Si sporse in avanti e gli avvolse le braccia al collo, con gli occhi lucidi per la gratitudine e lo stupore per il grado di premura di lui. Gli diede un bacio sul collo e in un istante la sua bocca fu sulla sua, premendole le labbra con un bacio penetrante. Afferrandola saldamente per i capelli, le tirò indietro la testa per scoprirle la gola e le trascinò la bocca aperta lungo il collo, fermandosi a succhiare appena sopra la clavicola.

Qualcosa si contrasse tra le sue gambe, un desiderio latente si accese con la passione. Le sollevò la testa e le incontrò di nuovo le labbra, premendole la lingua tra le labbra, saccheggiandole la bocca con un bacio esigente.

Lei emise un gemito sommesso, appoggiando il corpo contro il suo. Le sue mani erano ruvide, le strapparono il vestito e le liberarono il seno dal busto. Un piccolo grido le sfuggì dalle labbra mentre lui la spingeva indietro sul letto, cadendo su di lei, i fianchi posizionati sopra i suoi, la bocca che le reclamava il lobo dell'orecchio, succhiandolo con una violenza che la fece sollevare i fianchi contro i suoi in una risposta istintiva. In qualchc modo il vestito le fu strappato dal corpo e anche la giacca e il gilet gli caddero addosso, ma prima che potesse togliersi il corsetto, lui le fu di nuovo sopra, forzandole le cosce ad aprirsi con la spinta del ginocchio, stringendole il sedere in fiamme mentre le mordeva il collo.

L'ultima volta che era stata nel suo letto, lui l'aveva sedotta: il suo fare l'amore era una forma d'arte pensata per strapparle qualcosa. Questa volta, ogni arte era assente. Pretendeva, la depredava, la reclamava come un animale in calore. Non c'era finezza, solo passione ardente, che le accese un desiderio così ardente che si contorse in agonia, disperatamente bisognosa di liberarsi. Le sollevò le gambe in aria, come l'aveva tenuta un attimo prima, questa volta applicando la lingua al suo sesso esposto, facendola roteare sulla sua pelle pronta, penetrandola finché le cosce non tremarono e i fianchi non si piegarono contro la tortura.

«Ti prego» implorò. «Ti prego. Ora.»

Quando finalmente liberò la sua lunghezza e la penetrò, l'esplosione di sensazioni la accecò quasi. Provò dolore quando la sua pelle si aprì per lasciarlo entrare, ma il piacere superò il bruciore dopo diverse lente spinte, e lei gli avvolse le gambe intorno alla schiena, spingendolo più a fondo, più forte, desiderando il rilascio che il suo corpo sembrava sapere sarebbe arrivato.

«Oh, Dio... Phoebe», gemette.

Al suono del suo nome, esplose, tirandolo dentro di sé mentre i muscoli del suo sesso si contraevano tutt'intorno a lui in un'esplosione di pura soddisfazione. Lo strinse forte contro di sé con le gambe finché il terremoto non finì, poi sciolse la stretta e gettò le braccia sopra la testa sul letto, spalancandosi per il suo piacere. Capì, finalmente, cosa sua sorella trovasse attraente nel fare l'amore. Rallentò il ritmo, scivolando dentro e fuori da lei e osservandola in viso, sorridendo leggermente quando lei ricominciò a contorcersi sul letto mentre il disagio aumentava di nuovo. Quando si ritirò completamente, lei si mise a sedere in segno di protesta.

* * *

Lui ridacchiò. «Girati a pancia in giù. A pancia in giù, colombella.»

Lei gli obbedì, con aria incerta sulle sue intenzioni. Le diede uno schiaffo sul sedere e lei strinse le natiche, ma quando la premette da dietro, sollevò i fianchi per andargli incontro, il sesso dolorante, ma ancora più che desiderosa che rientrasse. L'attrito delle sue cosce creò un piacere nuovo, quell'angolazione unica forniva una risposta diversa. Phoebe rimase immobile, il sedere sollevato, tutto il suo corpo sembrava ascoltare la nuova lezione d'amore. Presto si dondolò contro di lui, emettendo versi lamentosi che chiedevano ancora. Lui la avvolse con le braccia sotto di lei e le afferrò le spalle per fare leva, spingendo più in profondità, più forte e più velocemente finché non raggiunse il suo orgasmo e lei si contorse di nuovo con un grido di soddisfazione.

Cadde sotto di lui, inerte come una bambola di pezza. Lui sostenne il peso sugli avambracci per non schiacciarla con il corpo. «Girati a pancia in su, Phoebe.» Obbedì immediatamente, alzando lo sguardo verso di lui con la meraviglia che le brillava negli occhi. Sorrise alla sua espressione e lei rise, poi scoppiò a piangere. «Come hai fatto? Non ho pensato a lui nemmeno una volta.»

«Shh,» disse, premendo le labbra sulle sue. «Non parlare di lui in questo letto. Questo è il nostro letto, solo per noi. Non farlo mai entrare qui.»

Gli strinse le braccia al collo e si aggrappò a lui come se volesse salvarsi la vita, emettendo piccoli singhiozzi e poi ridendo. «Mi dispiace! Non so cosa mi sia preso.»

«Sfogati, tesoro. Piangi quanto vuoi, sei al sicuro con me.»

Piangeva e singhiozzava, a volte ridacchiando, a volte nascondendo il viso. La tenne stretta finché l'emozione non si fu placata e il suo respiro si trasformò nei dolci sospiri del sonno.

Le accarezzò i capelli, assaporando la sensazione del corpo di lei accoccolato contro il suo, l'angoscia per i maltrattamenti alleviata dalla liberazione del desiderio represso.

Si svegliò la mattina e la trovò che lo stava studiando.
«Teddy?»
«Sì, angelo?»
«Puoi perdonarmi?»
«Siamo già a posto, colombella.»

«Eri arrabbiato con me.»

«No, tesoro, ero frustrato perché ci tengo tantissimo. Se solo l'avessi saputo, se tu avessi potuto dirmelo, ti avrei protetta e sarei stato più sensibile ai tuoi sentimenti riguardo al sesso. Ma non ero arrabbiato. E mi dispiace se ti ho spaventata.»

Lei scosse la testa. «Non avevo paura. Beh, avevo un po' paura delle sculacciate, ma non di te.»

«Le sculacciate non ti hanno fatto tanto male, vero?» la incalzò lui, sapendo già che non era così. Era stato un modo per prendere il controllo da lei, niente di più.

Arrossì, ma non abbassò lo sguardo. Gli accarezzò la guancia con il pollice, rispondendo senza parole. Era ciò di cui aveva bisogno. Ciò di cui entrambi avevano bisogno. Un modo per schiarirsi le idee e ricominciare da capo.

«Phoebe?»

«Sì?»

«Vuoi essere mia moglie?»

Ridacchiò e lui le baciò il naso.

«La mia vera moglie?»

Annuì, con gli occhi che le brillavano. «Sì, mio signore. Sarò tua moglie.»

«Lo spero, perché il matrimonio è stato consumato, quindi non c'è modo di annullarlo ora.»

«Non ho mai voluto annullarlo», mormorò, e lui si sporse verso di lei, reclamando la sua bocca in un bacio di vittoria, a cui lei rispose con entusiasmo.

Quando si allontanò, lei guardò la luce che entrava dalla finestra. «Dovresti alzarti, altrimenti farai tardi al Parlamento oggi.»

«Non entro. Resto con te, colombella.» Lei sorrise, scostandogli i capelli dagli occhi, facendolo rabbrividire nel realizzare che ora era davvero sua moglie, in tutti i sensi.

Trascorsero la giornata godendosi la reciproca compagnia, passeggiando per Hyde Park, tenendosi per mano. Quando si sedettero su una panchina, lui disse: «Phoebe, quando ho detto che non devi parlare di Reddington, intendevo solo nel nostro letto.» Sentendo come si era irrigidita accanto a lui, le strinse la mano tra le sue, sfilandole il guanto per accarezzarle la pelle nuda. «Vorrei che tu mi raccontassi tutto, so che ti fa male. Ma più ne parli, meno presa avrà su di te.»

Il labbro inferiore le tremò e abbassò il mento. Lui gli mise un dito sotto per sollevarlo. «Non oggi, non rovineremo la giornata con questo, ma presto. Va bene?»

Lei lo scrutò in viso, cercando cosa, lui non riusciva a dirlo.

«Ti prometto che ti aiuterò a guarire da questa situazione.»

«Io...» le si spezzò la voce. «Non sono sicura di poterlo raccontare.»

«Puoi. Perché se non lo fai, lo tieni tra noi. E lui non merita questo onore.»

«No» rise lei, con le lacrime che le rigavano le guance. «Certo che no.»

Quella sera, con l'avvicinarsi dell'ora di andare a letto, sentì la tensione irradiarsi da lei. Aveva già ordinato ai domestici di spostare le sue cose in camera sua, non volendo darle l'opportunità di nascondersi da lui.

«Non devi avere paura» mormorò mentre la conduceva in camera da letto. «Ricordi? Siamo solo io e te qui dentro.»

«Sì!» esclamò lei troppo in fretta. «Beh, e se stasera non mi piacesse?»

Lui sorrise leggermente, pur capendo che la sua ansia era reale. «Beh, perché la scorsa notte ha funzionato meglio del nostro primo tentativo?»

Lei si allontanò da lui, esaminando i libri sul suo comodino. «Mi hai tolto la scelta.»

Lui sussultò per un attimo, ma poi pensò di aver capito. Le camminò dietro e le strinse leggermente le spalle. «Pensi di essere responsabile di quello che è successo tra te e Reddington?»

Il suo corpo si irrigidì e un piccolo grido le scappò di bocca. «Non sapevo cosa fare, non volevo che mi toccasse, ma...»

«Non eri responsabile. La colpa è tutta sua, solo sua. Niente di tutto ciò ti appartiene. Lui era il tuo tutore e avrebbe dovuto proteggerti. Invece ha cercato di imporsi a te. Non è stata colpa tua.»

Si voltò, tremando per i singhiozzi, gettandosi contro di lui con tanta forza che lui barcollò all'indietro. La abbracciò, dondolandosi leggermente sui piedi. «Non è colpa tua» le sussurrò tra i capelli.

«Non sapevo cosa fare... mi sono lasciata toccare. Solo... non sapevo cosa fare.»

«Sì» mormorò, accarezzandole i capelli. «Lo capisco.»

Le sollevò il mento per guardarle gli occhi cerchiati di viola. Aveva le ciglia umide e le sbatté, ma sembrava speranzosa. «Ma se ti aiuta toglierti ogni scelta, sarò felice di accontentarti», disse, sollevandole le gambe nell'incavo del braccio e portandola a letto.

La gettò sopra, suscitando un grido di protesta. Sollevandole le gonne senza preamboli, le sganciò una calza di seta dalla giarrettiera e gliela fece scivolare giù dalla gamba. Lei si appoggiò sui gomiti, osservandolo con un sorriso. La prese tra due mani, saggiandone la resistenza. «Allunga le mani, con i polsi uniti.»

Spalancò gli occhi, comprendendo le sue intenzioni, ma tese le mani con un sorriso. Legandole i polsi, lui li fissò alla colonna del letto. «Ecco. Ora non sei altro che il mio giocattolo. E farò di te quello che voglio per tutta la notte.»

Osservò attentamente per vedere se le sue parole la eccitassero o la smorzassero, ma sembravano eccitarla. Il suo respiro si era fatto più rapido e una macchia di colore apparve su ciascuna guancia. Gli occhi le brillavano mentre lo guardavano. Girandola su un fianco, slacciò i piccoli gancetti sul la parte posteriore del suo vestito, poi si rese conto che non aveva modo di toglierselo con le braccia legate.

«Hmm» disse e lei ridacchiò, rendendosi conto del suo dilemma. «Non preoccuparti, ho un piano migliore.»

Le slegò i polsi e le tirò il vestito sopra la testa, poi usò la calza per coprirle gli occhi, avvolgendola due volte per bloccare tutta la luce e legandola saldamente dietro la testa. «Come ti sembra, colombella?»

Lei sorrise in risposta.

Esitò, rendendosi conto che, senza la vista, il suo tocco avrebbe potuto ricordarle di più Reddington. Doveva assicurarsi di parlare spesso e di mantenerla viva nel momento. «Ora ascolta attentamente. Ora che sei mia moglie, non avrai più scelta. Il tuo dovere è di darti a me ogni volta, ovunque e in qualsiasi modo io te lo chieda.»

Si dimenò sul letto, le mani che si portarono ai seni, poi si ritrassero. «Tieniti i seni» le ordinò, godendosi il piccolo sussulto che le uscì dalle labbra. Si posò timidamente le mani sui seni, ancora intrappolati nel corsetto. «Tirali fuori.» La sua voce si era fatta più profonda per il desiderio.

Infilò una mano nel corsetto e tirò fuori i due globi dalla biancheria intima.

«Ecco fatto» mormorò con apprezzamento.

Le sfilò le mutande. «Mostrami come ti tocchi tra le gambe, Phoebe.»

Le sue labbra si dischiusero e la testa le cadde all'indietro. La mano si avvicinò lentamente al suo sesso, che lui poteva vedere già luccicante di nettare. Si toccò timidamente le labbra esterne del sesso.

«È così che fai» mormorò lui mentre le si avvicinava sul letto, sistemandosi su un fianco con la testa appoggiata sulla mano.

«No» sussurrò.

«Come fai, Phoebe? Ci metti dentro le dita?»

«No.» Corrugò la fronte e lui sentì di essersi avventurato su un terreno pericoloso.

«Mostrami solo come fai.»

«Beh,» esitò. «Mi sdraio a pancia in giù.»

Lui soffocò una risata. «Girati, allora, e mostrami cosa fai.»

Si girò, con la mano tra le gambe. Non si penetrò il sesso con le dita, ma le tenne tutte unite, ondeggiando sul monte di Venere in un movimento a onda. Iniziò a muovere i fianchi, premendo il monte di Venere contro la mano.

Le slacciò il corsetto, facendo attenzione a non distrarla. «Ora che mi sarà proibito frequentare i bordelli, dovrò insegnarti a compiacermi come una gonna leggera. Pensi di poterlo fare, Phoebe?»

Emise un piccolo gemito di protesta, ma i fianchi accelerarono, palesando la sua eccitazione. «Hai mai sentito il termine *cada orificio?*»

Emise un verso negativo. Con il corsetto completamente aperto, lui le fece scorrere la punta del dito lungo la schiena. «Viene dalle puttane italiane. Significa ogni orifizio. Significa che si fanno prendere da un uomo in tutti e tre i loro orifizi più grandi.»

Emise un altro gemito. La punta del dito aveva raggiunto la fessura tra i glutei e la fece scivolare giù fino alle cosce, poi di nuovo su, questa volta in profondità nelle natiche.

«Sapevi che un uomo può prenderti qui, Phoebe?» le chiese, applicando una leggera pressione sul suo buco posteriore.

Lei ansimò e strinse le natiche. Lui si sporse verso di lei ed emise un suono schioccante nell'orecchio. «No, no, colombella. Ricorda, non puoi rifiutarmi ora. Sono tuo marito e ti prenderò come mi pare.» Si leccò il dito, applicando abbondante saliva, e lo riportò all'ingresso posteriore, spingendo con un'insistenza che non ammetteva opposizione.

Lei piagnucolò, stringendosi e poi aprendosi, la mano che svolazzava selvaggiamente tra le gambe.

«Basta, Phoebe» sussurrò, premendo il dito dentro e fuori al suono acuto delle sue suppliche. Con un grido gutturale, unì le gambe e si inarcò, stringendosi intorno al suo dito mentre un grande brivido le percorreva tutto il corpo.

Capitolo sei

Mai in vita sua aveva provato un piacere simile e, come la notte precedente, non aveva pensato a Reddington nemmeno una volta. Era esausta, eppure bramosa di altro, desiderosa di avere Teddy che si muoveva dentro di lei, desiderando il suo piacere tanto quanto il proprio. Ma non prese il controllo, perché amava la beatitudine della resa che aveva trovato nel suo controllo.

Con sua grande gioia, le tolse la benda e la girò sulla schiena. Poteva sentire il rigonfiamento del suo membro indurito mentre le si arrampicava sopra e la rapiva con le labbra. La camicia volò via, seguita rapidamente dai pantaloni e in pochi secondi il suo membro era tra le sue gambe, premendo insistentemente per entrare. Allargò le gambe e si aprì per lui, afferrandogli le spalle con le dita, attirandolo a sé.

«Ecco» brontolò, con la voce roca, gli occhi vitrei. Amava vedere l'animale che era in lui: era così diverso dal fascino raffinato che sapeva esprimere con tanta disinvoltura. Era reale: non aveva dubbi che lui fosse fuori controllo, affamato di lei e non avrebbe smesso di provare piacere.

«Sì, Teddy!» lo incalzò, e lui ringhiò, pompando dentro di lei più forte di quanto lei pensasse possibile, il dolore era solo piacere mentre spingeva avanti e indietro fino a eruttare in un gemito. Come la notte prima, il suo orgasmo le offrì un secondo piacere, e lei si deliziò nella sensazione dei muscoli che gli stringevano il sesso, mungendolo fino a ottenere il seme.

«Oh, Teddy» ansimò.

«Phoebe» rise lui, ansimando. «Non credo che ci vorrà molto per addestrarti.»

Gli diede una pacca sul braccio e lui ridacchiò, affondando il viso nel suo collo per un bacio umido.

Trascorsero un'intera settimana in quel modo, anche se Teddy tornò al Parlamento. Era una luna di miele, e la lontananza di Wynn rendeva ancora più facile trascorrere le ore a letto, esplorando a vicenda i propri corpi con calma. Non aveva più traumi legati ai ricordi degli abusi di Reddington, e Teddy non ebbe difficoltà a insegnarle i molti modi di dare e ricevere piacere.

Eppure, mentre ogni giorno trascorreva in perfetta armonia, una voce assillante nella sua mente le diceva che quell'estasi non poteva durare per sempre, che non doveva fidarsi di Teddy, perché non le capitava mai nulla di buono, o perché non lo meritava. Quindi non fu poi così sorprendente quando arrivò la lettera.

Il maggiordomo gliela aveva consegnata per errore insieme ai biglietti e agli inviti che le erano arrivati. Era indirizzata a Teddy su carta pregiata e odorava di profumo. Nell'istante in cui la vide, capì di cosa si trattasse: una lettera d'amore. La fissò a lungo, chiedendosi se aprirla o meno. Fu l'unica cosa a cui riuscì a pensare per l'intera giornata, e scoprì che il bisogno di sapere cosa contenesse quella busta era più forte di qualsiasi rimorso potesse provare nell'aprire una lettera non indirizzata a lei. La portò di sopra, in camera loro, e infilò il pollice sotto il sigillo di cera per aprirne i bordi.

Carissimo Teddy,

Ti ho aspettato nella mia camera da letto per cinque notti. Dove sei stato? Non posso credere che tu sia ancora impegnato con la tua nuova moglie. Sicuramente ti sarai stancato della sua inesperienza. Ricorda tutto il piacere che abbiamo trovato insieme...

Per sempre tua,
  Veronica

* * *

Veronica. Il cuore le martellava nel petto. Chi era Veronica? Un'amante, chiaramente. La sensazione di tradimento la fece sentire come se le avessero strappato gli organi dal corpo attraverso la bocca. Riusciva a malapena a respirare, muoversi o pensare mentre sedeva con quella miserabile lettera in mano. Lacrime calde le sgorgarono senza che se ne accorgesse, mentre la sua mente ripensava all'ultima settimana trascorsa con Teddy, rendendosi conto che niente di tutto ciò significava nulla per lui. Era stata una sciocca a fidarsi di un libertino.

Era quello che faceva.

Lei era solo una delle centinaia di donne che si era portato a letto.

Il calore rovente del tradimento la travolse e lei strappò le coperte dal letto, trascinandole a terra e calpestandole. Trovando soddisfazione in quell'atto, aprì di scatto il suo armadio e gettò i suoi vestiti eleganti a terra, calpestando anche quelli. Gettò i suoi libri dagli scaffali, pulì il tavolo da toeletta da ogni contenuto: gli strumenti da barba, i gemelli e la tabacchiera volavano in tutte le direzioni.

Maledizione.

Mille maledizioni! Avrebbe dovuto saperlo prima di dare il suo cuore a un libertino! Tirando fuori i suoi vestiti dall'armadio, li trascinò nella camera da letto adiacente che era stata sua fino alla settimana prima.

«Lady Fenton?» la voce timida della sua cameriera le dava sui nervi.

«Cosa c'è?» scattò.

«Ha... ha bisogno di aiuto?»

«Sì. Ecco, prendi questi», disse, caricandosi tra le braccia il mucchio di vestiti. «Torno a vivere nella mia camera da letto.»

«Sì, certo, signora» rispose, attutita dal tessuto dei vestiti.

Tornò a grandi passi nella sua stanza, decisa a trovare qualcos'altro da distruggere. Notando il tagliacarte, lo afferrò e lo usò per attaccare i cuscini, strappandone il tessuto e liberando nell'aria un pennacchio di piume d'oca. Ah. Ne strappò un altro, scuotendo il cuscino per far uscire ogni singola piuma dal suo contenitore, riempiendo l'intera stanza di lanugine bianca. Rise – un suono amaro, metallico e vuoto.

Guardò la sua cameriera in piedi sulla soglia, che osservava il disastro con occhi spalancati. «Non permettere a nessuno di pulire questo disastro» ordinò autoritaria. «Vado a fare una passeggiata.»

«Desidera che la assista?»

«No. Grazie. Prendi solo il mio scialle e vado.»

Uscì velocemente in strada, come se avesse un posto dove andare, quando in realtà non badava nemmeno alla direzione in cui si stava dirigendo. Camminò finché i piedi non le fecero male e la mente non si stancò dei suoi pensieri.

Si disse che in realtà non stava peggio di una settimana prima, solo che ora Teddy conosceva il suo segreto più oscuro. Detestava aver condiviso qualsiasi intimità con lui, ma a parte questo, il resto era come previsto: aveva pattuito un matrimonio senza amore.

Si fermò e si guardò intorno, cercando di orientarsi. Dopo un altro momento di cammino, si rese conto di essere sulla strada dei Westerfield. Il pensiero di fare visita a Kitty Westerfield la rincuorò e affrettò il passo per arrivare alla sua porta. Fu fatta entrare immediatamente e le portarono tè e pasticcini, il che fu un sollievo, perché si rese conto di essere affamata.

«Ti senti sola senza Wynn o Teddy ha fatto il suo dovere di divertirti?»

Trasalì dentro di sé, pensando ai divertimenti di Teddy. «Mi sono sentita sola oggi» rispose sinceramente. «"Kitty?» gracchiò, con la voce che le risuonava roca. «Pensi che Teddy finga di amare tutte le sue donne?»

Kitty sembrò sorpresa e si pentì subito della sua domanda, ma la sua nuova amica assunse un'aria pensierosa. «No, non credo che finga di amare nessuna di loro. Credo che sia piuttosto onesto riguardo al suo carattere, non credi?»

Le sue emozioni erano troppo confuse per riuscire a

rispondere. «Cosa pensi che renda un uomo come Teddy?» sbottò, senza aspettarsi che Kitty avesse una risposta.

«Suo padre era uguale, e questo rendeva infelice sua madre. Lord Fenton era raramente a casa, sempre in giro a divertirsi con le sue amanti. Toccava a Teddy rallegrare sua madre, o almeno così pensava. Aveva già sviluppato quel fascino quando eravamo solo bambini, e stravedeva per sua madre e Wynn, come se sentisse di dover compensare la mancanza di attenzione che ricevevano da suo padre.»

Lasciò che quell'informazione si sedimentasse, pensando che spiegasse molto del suo rapporto con loro. «Ma se non gli piaceva il comportamento di suo padre, perché avrebbe dovuto imitarlo?»

Kitty alzò delicatamente le spalle. «Perché, davvero? Non lo so, credo che il suo fascino lo facesse assomigliare così tanto a suo padre, e tutti glielo ripetevano, più e più volte. E credo che abbia ereditato da suo padre... l'ammirazione per il sesso femminile. Ma nonostante ciò, c'è un vuoto nella vita che conduce, e credo che lui lo sappia.»

«Tu...» La sua voce si spense, incerta se fosse riuscita a porre la domanda. «Non credi che potrebbe mai essere fedele a una moglie, vero?»

L'espressione di Kitty si fece astuta. «È per questo che hai chiesto un matrimonio solo di facciata?»

Sentì un formicolio alla punta del naso e si portò la tazza di tè alle labbra per nascondere il tremito al mento. Dopo aver deglutito, annuì. «Non ho alcun desiderio di vivere come sua madre», ammise.

* * *

«Milord» lo accolse sulla porta il suo maggiordomo, Standish, con un'espressione tesa.

«Sì?»

«Lady Fenton è in camera sua, non si sente bene.»

Aggrottò la fronte. «Grazie, Standish.»

Standish sembrò voler dire altro, ma quando Teddy inarcò le sopracciglia, il maggiordomo scosse leggermente la testa, come per dire: "Non importa".

Preoccupato, salì subito al piano di sopra, dove trovò la porta della sua camera socchiusa e la stanza in rovina. Le cameriere si aggiravano già lì vicino, come se sapessero che le avrebbe chiamate.

«Sua Signoria ci ha ordinato di non pulire, milord» disse la cameriera con un piccolo inchino. «Ma comincerò ora, se vuole.»

Fissò la stanza, sgomento. I cuscini erano stati squarciati, piume ovunque e i suoi effetti personali erano stati sbalzati da ogni superficie. Il suo primo pensiero fu che fosse stata aggredita, da Lord Reddington o da un malvivente, ma questo non quadrava con il comportamento dei servi. «È stata lei a farlo?» chiese, con la bocca secca e un fremito alle tempie che gli irrigidiva la testa.

«Sì, milord.» Un altro inchino. Diversi altri servi si aggiravano nel corridoio, come per osservare la sua reazione. La casa sembrava di un silenzio ultraterreno.

Mantenne un'espressione impassibile.

«Dov'è la mia signora?» chiese dolcemente.

«Ha spostato le sue cose in camera da letto, milord.»

«Capisco.»

«Devo iniziare a pulire ora?»

«Non ancora, grazie» disse, entrando nella stanza e chiudendosi la porta alle spalle. Rimase perfettamente immobile, valutando i danni, con la mente che gli girava a vuoto. Non vedendo alcun indizio, sospirò e aprì la porta della stanza di Phoebe.

Lei era seduta vicino alla finestra, leggendo o fingendo di leggere, con il viso teso. Mise un pennarello sul suo libro e si voltò verso di lui. «Milord» disse, alzandosi. «Non desidero più avere rapporti coniugali con te.» La sua voce era formale, e aveva il suono di un discorso preparato. «Ho trasferito le mie cose in questa camera da letto e torneremo alla nostra sistemazione originale.»

«Cos'è successo?» gracchiò.

Strinse le labbra in una linea sottile. «Niente di cui voglia discutere con te. Ho preso la mia decisione, e questa volta sarà definitiva.»

«È venuto qui qualcuno? Una donna? Cosa ti ha turbato? Dimmelo, Phoebe.» Lei sussultò quando lui la chiamò per nome, come se non meritasse più quella familiarità. «Ho detto che non voglio discutere la questione. Non vale la pena perdere tempo.» Lui si fece avanti e le prese il braccio, ma lei si ritrasse come se fosse un serpente pronto a mordere. Lui inspirò profondamente per calmarsi. «Cos'è successo, Phoebe?» chiese a denti stretti.

Gli voltò le spalle.

«Non ti sono stato infedele. È questo che pensi? Non l'ho fatto. Se solo mi dicessi cosa ti ha irritato così tanto...»

«Vattene e basta» disse lei, senza voltarsi.

«Non me ne andrò. Né accetterò questo cambiamento di accordi. Mi dirai cos'è successo. Ora.»

Nemmeno il suo tono più autoritario la spinse a voltarsi e a parlargli.

Esasperato, lanciò un'occhiata per la stanza, cercando un indizio sul suo comportamento.

E poi la vide.

Sul tavolo da toeletta c'era una lettera aperta. Poteva vedere la grafia femminile e sentire il profumo sulla carta. Dannazione.

Non aveva bisogno di sapere i particolari: chi la scriveva o cosa conteneva. Poteva immaginare che fosse una lettera di una sua vecchia amante e che Phoebe fosse giunta a una conclusione sbagliata. Afferrò la lettera e la lesse velocemente. Sentendo quel rumore, si voltò di scatto e incrociò le braccia sul petto, sollevando il mento in segno di sfida.

Le mostrò la lettera. «È per questa che sei arrabbiata?» Quando lei non rispose, continuò. «Non sto con Veronica da almeno tre anni, nonostante i suoi sciocchi tentativi di sedurmi», disse. «Leggila di nuovo» disse, mettendole la lettera sotto il naso. «Dice che siamo stati insieme di recente?» Non aspettò la sua risposta. «No, in realtà, cita la mia nuova moglie come motivo del mio continuo rifiuto. Non dovrebbe consolarti?»

Stropicciò la lettera e la gettò nel camino. Le fiamme lambirono la carta, arricciandola ai bordi prima che l'intera lettera prendesse fuoco all'istante e si riducesse in cenere. Sospirò. «Phoebe, lettere come questa probabilmente arriveranno sempre. Potrebbero arrivare per anni. Non posso fare nulla per garantirti che non ne leggerai un'altra. Quando mi hai sposato, sapevi che ho avuto molte amanti.»

Il labbro inferiore di Phoebe sporgeva e i suoi occhi erano ancora duri. Lui incrociò il suo sguardo e lo fissò. «Non significa che ti sia stato o ti sarò infedele.»

Gli lanciò un'occhiata fulminante come se si aspettasse una cosa del genere, e non credesse a una parola.

«Accomodati» suggerì, indicando la sedia da lettura. «Vuoi sederti e ascoltarmi?»

Il suo sguardo era di sfida, ma colse un'incertezza: un fremito sul labbro, come se le lacrime fossero nascoste appena sotto la sua spavalderia.

Cara Phoebe. Avrebbe dovuto dirle quanto la amava.

Le prese la mano e la tirò delicatamente verso la sedia, poi si accovacciò accanto ad essa, guardandola in viso.

«Non sono stato con un'altra donna dal giorno in cui ci siamo sposati, nonostante la tua offerta di concedermi la libertà.»

Allungò la nuca in un'esagerata incredulità.

«Phoebe, sei l'unica donna che voglio... no, questa è la verità di Dio. Sei l'unica donna che avrò. Ti ho promesso la mia fedeltà e manterrò quella promessa. La metterò per iscritto se questo ti aiuterà a credere. Sono tuo, e solo tuo.»

Si morse il labbro mentre una lacrima le rigava la guancia. La asciugò con il dorso della mano. «Non ti credo» disse tirando su col naso.

Le prese la mano e le baciò l'umidità salata sulla pelle. «Ti amo. Avrei dovuto dirtelo prima, e ti chiedo scusa. Ti amo, colombella.»

Spalancò gli occhi e dischiuse le labbra imbronciate mentre lo fissava con un'espressione dubbiosa.

«È vero» la rassicurò.

Slanciandosi su di lui, quasi lo fece cadere all'indietro con la forza del suo abbraccio, le braccia avvolte intorno alla sua testa. Lui si risedette sul pavimento, stringendola in grembo per cullarla.

«Ti amo» sussurrò.

Lei sembrava non riuscire a parlare, affondando il viso nella sua spalla. Dopo qualche minuto, emerse, sbattendo timidamente le palpebre. «Immagino di aver tratto conclusioni affrettate, vero?»

«Sì», rispose ironicamente. «L'hai fatto.»

«Mi dispiace per la tua stanza. Io... io non ero me stessa. Temo di essermi comportata proprio come una bambina.»

«La nostra stanza» la corresse. «E sì, ti sei comportata come una bambina molto cattiva.»

«Ti chiedo scusa. Non mi sono mai lasciata andare alla rabbia o a nessun'altra emozione quando vivevo con la mia famiglia o con Reddington. Ero la donna perfetta al liceo, non chiedevo niente. Ma tu...» Si fermò e si morse il labbro. «Mi fai sentire molto di più.» Alzò timidamente lo sguardo attraverso le ciglia. «Non lo dico per giustificare il mio comportamento.» La sentì deglutire. «Mi punirai?»

Le accarezzò i capelli. L'idea di infliggerle una vera punizione non gli dava alcuna soddisfazione al momento, ma era certamente meritata. «Cosa pensi che dovrei fare?»

«Oh, Teddy» mormorò, allontanandosi e abbassando gli occhi. «Davvero me lo farai dire?»

Quando Teddy non rispose, si torse le dita in grembo e sussurrò: «Sculacciami.» Lo stomaco le si strinse mentre parlava. Si rese conto che era proprio una sculacciata che aveva preteso con il suo capriccio in camera sua quel pomeriggio. Come quando era venuta a trovarlo la gonna leggera, aveva perso il controllo delle sue emozioni e aveva segretamente desiderato che Teddy prendesse il controllo al posto suo, per cambiare il suo modo di sentire e rimettere le cose a posto. Era stata come la bambina che si comporta male intenzionalmente, solo per garantirsi una reazione dalla bambinaia.

Le mani di Teddy le accarezzarono delicatamente la schiena. «Alzati e togliti i vestiti.»

L'ordine le fece venire i brividi. «Toglierli?» chiese incerta.

«Sì. D'ora in poi, sarai completamente nuda quando verrai punita.»

Il suo viso si fece rosso a sentire quell'affermazione. In

effetti, il calore le inondò ogni centimetro di pelle. La aiutò ad alzarsi tenendole le mani sui glutei, poi si alzò e la girò per aiutarla a sbottonare il vestito e a sciogliere i lacci del corsetto. Poi si sedette sul bordo del letto, osservando. Voltandogli le spalle, lasciò cadere gli abiti sul pavimento, togliendosi per ultime le giarrettiere e le calze.

«Girati» disse dolcemente.

Si voltò, le dita si stringevano l'una contro l'altra davanti al suo sesso.

«Phoebe, ci saranno momenti in cui non ci capiremo. E ci saranno momenti in cui sarai ferita da me o arrabbiata con me: sarà inevitabile. Quando succederà, mi aspetto che tu venga da me e dica quello che pensi, così potremo risolvere i nostri problemi insieme» disse, lanciandole un'occhiata severa che le fece sciogliere le viscere. «Altrimenti, come pensi che crescerà il nostro matrimonio?»

Si sentì stordita all'idea che lui volesse che il loro matrimonio crescesse. In realtà, era ancora sbilanciata a causa di tutta la sua dichiarazione d'amore e del suo giuramento di fedeltà.

«Questa sarà la mia prima regola in questo matrimonio.»

Alzò le sopracciglia. La sua autorità non le era nuova, ma non poteva essere del tutto sicura che facesse sul serio.

«La seconda è proibire i capricci che comportano il lancio di oggetti.»

Questa volta colse dell'umorismo nella sua voce e le sue labbra si incurvarono leggermente ai bordi. Sentì le guance diventare calde. «Sì, mio signore» disse, e fece un inchino.

Un debole sorriso confermò la sua sottomissione.

«Prendi la cinghia del mio rasoio da dove l'hai gettato lì dentro.»

Le ginocchia le tremarono al comando. Obbedì, sentendosi goffa. A disagio nella sua nudità, le ci volle un po' di tempo per concentrarsi abbastanza da trovare la cinghia di cuoio sotto il mucchio di piume e altri oggetti che aveva lanciato. Il rumore della porta di Teddy che si apriva la fece balzare in piedi e vide il cameriere di Teddy fermarsi sulla soglia, che la vide, completamente nuda, con la cinghia in mano, evidentemente destinata a essere usata per la sua punizione. Come ogni buon servitore, abbassò immediatamente lo sguardo, mormorando «Mi scusi, mia signora» mentre usciva dalla porta e la chiudeva alle sue spalle. Lei rimase immobile, mortificata, immaginando che stesse già informando l'intero personale della sua imminente fustigazione.

Beh, se lo meritava. Di certo aveva fatto loro un bello spettacolo con la sua scenata. Chinò il capo e riportò la cinghia in camera sua, porgendola con un altro inchino.

Lui prese la cinghia di cuoio e la guardò, come se stesse riflettendo. Sentì il viso farsi più caldo e un po' di sudore le gocciolava sulla coscia. Oh Signore, cos'era quello? Era quello che Teddy aveva descritto come la preparazione del suo corpo al sesso? Ma perché la minaccia di una punizione avrebbe dovuto rendere il suo corpo consenziente?

«Sarai scoperta quando ti punirò. Accetterai la tua punizione senza protestare. Se ti opponi, ripeterò la stessa punizione il giorno dopo, che sarà molto peggio per un sedere dolorante.»

Aprì le labbra, poi le richiuse, incerta se una protesta sarebbe stata considerata un litigio.

«Puoi parlare, amore.»

Amore. Lui la amava. Il ricordo delle sue parole la riempì di un'altra ondata di calore, questa volta interiore. La aiutò a ricordare che quell'uomo severo era lo stesso che l'aveva appena trattenuta. «Ma se la punizione fosse ingiusta?»

«Puoi sostenere la tua tesi, ma se dico che è abbastanza, accetterai la mia decisione.»

Parlare di punizione la faceva sentire ancora più a disagio che essere punita, e improvvisamente desiderò essere sulle sue ginocchia, ricevere qualunque cosa lui pensasse che lei meritasse, sperando di riportare il buonumore di suo marito.

Fece un altro inchino, chinando la testa. «Sì, mio signore.»

«Non allungherai la mano per cercare di coprirti. Se lo fai, ti darò una sculacciata sulla parte posteriore delle gambe, e ti prometto che non ti piacerà.»

«Sì, mio signore.»

«Ripetimi le regole della punizione.»

Oh, cielo.

Ormai le sue viscere erano completamente liquide, e le ginocchia la sostenevano a malapena. L'umidità continuava a fuoriuscire tra le gambe.

Fece un respiro profondo e si sforzò di mantenere una voce ferma. «Mi metterò a nudo davanti a te. Non litigherò. Non mi sposterò per cercare di coprirmi.»

«Brava ragazza. Perché stai per essere punita?»

«Per aver fatto i capricci invece di venire da te a esprimere la mia rabbia.»

«Grazie.»

Aprì le gambe e le girò verso il letto, dando una pacca sul ginocchio più vicino al letto. «Fammi vedere che ti dispiace.»

Non avrebbe mai pensato di essere ansiosa di mettersi

sulle sue ginocchia, ma in questo caso, era quasi un sollievo sdraiarsi e nascondere il viso nel letto. Il sollievo, tuttavia, non durò a lungo, perché si ricordò che non si trattava di una sculacciata con la mano o con la pantofola; era una cinghiata, che lui aveva promesso l'avrebbe fatta piangere. Le strinse la gamba libera sopra le gambe, immobilizzandola di fatto. Lei si irrigidì, aspettando la prima sculacciata, ma invece sentì la sua mano che le toccava il sedere con una calda carezza. L'umidità tra le gambe aumentò.

Accidenti, perché lo trovava così eccitante? Le avrebbe fatto male ed era profondamente umiliante, eppure avrebbe quasi potuto mettere da parte il suo orgoglio con Teddy. Lui aveva già scoperto il suo segreto più oscuro e non aveva battuto ciglio. Quindi cos'altro c'era ora, offrirgli obbedienza, la sua sottomissione a lui, l'uomo che le dimostrava di amarla con i fatti e con le parole?

Un forte schiaffo la riscosse dai suoi pensieri. Teddy iniziò a colpirle il sedere con rapidi schiaffi, facendola dimenare sotto la sua presa. La gestiva facilmente, però, con un braccio intorno alla sua vita e una gamba che le teneva ferme le gambe. Trattenne il respiro, poi lo emise con un grido, poi lo trattenne di nuovo mentre il fuoco iniziava a diffondersi sulla sua pelle vulnerabile.

«Oh, Teddy!» gridò.

«Shh» disse lui, sebbene la mano continuasse a piovere sul suo misero sedere. «Prenditi la tua punizione, Phoebe.»

Serrò le natiche e lottò, opponendosi al dolore e alla continua aggressione.

«Quando due persone sono sposate devono collaborare» disse lui, senza mai smettere di impartire la lezione che le stava impartendo con la mano. «Voltarmi le spalle non fa che peggiorare i problemi.»

Pensò a quello che Kitty aveva detto di suo padre, a quanto si fosse tenuto lontano per evitare sua madre, e capì che quella era una questione importante per Teddy. Ma quello che le chiedeva sembrava quasi impossibile: sembrava che sapesse solo fingere che un problema non esistesse, o che perdesse completamente la pazienza. Nella sua famiglia, avevano nascosto i problemi sotto il tappeto, insabbiandoli con allegre bugie. E se avesse raccontato a sua sorella di Reddington? O si fosse lamentata quando Maud la faceva arrabbiare? Sembrava assolutamente impossibile da immaginare.

Teddy smise di sculacciarla e le accarezzò le natiche doloranti. Ricordava come l'avesse costretta a parlare la notte in cui la prostituta era entrata nella sua camera da letto. L'aveva tenuta sulle ginocchia e l'aveva sculacciata, interrogandola finché non aveva ammesso cosa voleva da lui.

«Teddy, e se non posso?»

«Non puoi cosa, amore mio?»

«Non posso parlarti quando sono arrabbiata?»

Continuò ad accarezzarle il sedere, che stava iniziando a bruciare ancora di più ora che si era fermato. Le strinse la natica e la scosse un po', poi le diede uno schiaffo.

«Oh!»

«Beh, imparerai, colombella. Anche se lo farai sopra le mie ginocchia.»

Sentì le lacrime pizzicarle gli occhi e Teddy ricominciò a sculacciarla con la mano. Il dolore le aumentò dopo la pausa e, dimenticando le regole, allungò istintivamente la mano indietro per coprirsi il sedere.

«No, Phoebe», le ricordò. Il dolore della sua mano che le bruciava la parte posteriore delle cosce la fece gridare e ritrasse le mani, infilandole sotto il busto per non cedere di nuovo alla tentazione.

* * *

Voleva prima sculacciarla abbastanza a lungo con la mano, in modo da non doverla frustare troppo a lungo per farla piangere. Prolungare l'inizio delle sculacciate chiedendole di togliersi i vestiti e ripetere le regole l'aiutò anche ad avvicinarsi alla resa. A giudicare dalla sua domanda, stava pensando alla punizione che le sarebbe stata inflitta e a cosa avrebbe potuto fare diversamente.

Smise di sculacciarla con la mano e prese la cinghia. Pensò di farle contare i colpi ad alta voce, ma voleva che i suoi pensieri rimanessero dove erano, non concentrati su un numero preciso. Abbassò la cinghia, lasciandole una striscia sulla parte superiore del sedere, proprio dove iniziava la fessura. Lei ululò di dolore e lui temette che tutta la casa avrebbe capito che stava rimproverando sua moglie. Ma non ci fu niente da fare. Le posò la seconda striscia appena sotto la prima, e la terza le cadde proprio al centro del sedere, su entrambe le natiche. Piegata in grembo com'era, non riusciva ad allacciare la cinghia con tutta la forza del braccio, ma ciononostante, la pelle lasciava dei segni gonfi e in rilievo dove la colpiva. Continuò a tracciarle delle linee nette lungo il sedere, l'ultima delle quali sulla parte posteriore delle cosce, facendola gemere: «No, no, no, no. Non mi sono toccata!»

Sorrise. «Hai ragione, colombella. A volte ti darò comunque una sculacciata lì per impressionarti, ma la tua protesta è stata ascoltata.»

Le risalì lungo il sedere e i suoi gemiti si fecero più forti. «Mi dispiace! Teddy! Per favore! Oh! No!»

Colpì di nuovo e lei tornò a tacere. Diciotto colpi fino a quel momento. Era vicina, lo sentiva. La colpì con la cinghia nel punto in cui il suo sedere incontrava la coscia, il punto in cui lei avrebbe ricordato le sue sculacciate ogni volta che si sedeva. Colpì lo stesso punto più e più volte, cinque, sei, finché non udì un singhiozzo. Lasciò cadere la cinghia ma continuò a sculacciare quello stesso punto con la mano, prima il lato destro, poi il sinistro, ascoltando il rumore delle sue lacrime che erompevano in grandi singhiozzi affannosi. La sculacciò per un altro minuto, dandole il tempo di rilasciare le lacrime, poi le accarezzò leggermente il sedere. Era di un color prugna intenso, con i segni striati della cinghia. Con sua sorpresa, lei si tirò su immediatamente, avvolgendolo con le braccia e affondando il viso bagnato nel suo collo. Le baciò la testa, accarezzandole la schiena nuda con le mani, la sensazione della sua pelle era inebriante e morbida. «Phoebe» mormorò dolcemente.

«Ti amo, Teddy» gli disse all'orecchio. Lui le strinse le gambe intorno alla vita, così lei si mise a cavalcioni su di lui, il sesso duro come la roccia per la sensazione del suo corpo nudo contro di lui. Lei lo sentì e mosse i fianchi per spingere la fessura umida del suo sesso contro il rigonfiamento. Lui gemette. Non aveva programmato di spingerla a fare sesso così presto dopo la punizione, ma lei sembrava desiderarlo. Si affrettò a liberare la lunghezza dai pantaloni, lasciandola uscire. Lei non perse tempo a posizionarsi sopra di essa, chiaramente senza bisogno di alcun incoraggiamento o istruzione sulla nuova posizione.

Sussultò quando lei sollevò i fianchi e si strinse a lui, il suo calore umido gli avvolse il membro tutto in una volta. Le afferrò il sedere gonfio, tirandola a sé, e lei rispose con entusiasmo, strusciandosi sempre più forte. Lui iniziò a perdere il controllo, il ritmo si fece più intenso.

«Sì, Teddy» lo incitò lei, e lui esplose nell'orgasmo, tirandola contro di sé e tenendola lì finché non l'ebbe riempita con il suo seme. Lei non raggiunse l'orgasmo, ma non sembrò importargliene, sporgendosi in avanti per baciarlo. Fu un bacio aggressivo, il primo che lei aveva iniziato, e lui si crogiolò nel dono.

«Ti penti di avermi sposato ora?» la prese in giro.

«Sì, me ne pentirò ogni volta che mi siederò domani.» Il suo viso si fece serio e gli accarezzò la guancia con un dito. «Grazie» sussurrò.

«Per cosa?»

Scrollò le spalle. «Ho bisogno di te.»

«Anch'io ho bisogno di te, Phoebe.»

Più tardi quella notte, si sedette a spazzolarsi i capelli, in camicia da notte. Il sedere le faceva male per le sculacciate, ma il cuore le traboccava di calore e di desiderio di compiacere il marito. «Mi insegnerai il *'cada orificio'* stasera?»

Teddy si strozzò con il latte caldo e le rivolse un enorme sorriso. Come era successo, erano rimasti a letto fino a cena, con Teddy che dava ordine di rimettere a posto la loro stanza.

Il cuore le batteva forte contro le costole, accelerato dalla sua stessa audacia, e la sua reazione le provocò un'ondata di calore che le si diffuse sulla pelle.

«Mi piacerebbe molto», disse lui, con voce bassa e seducente. «Ma prima, credo che farò un bagno. È più piacevole se siamo lavati di fresco.»

Fece preparare e riempire la vasca, e congedò i servitori.

«Farai il bagno per prima», disse, sollevando l'orlo della sua camicia da notte e accarezzandole la pelle nuda mentre gliela faceva scivolare lungo il corpo e sopra la testa. Lei trattenne il respiro quando vide l'espressione cupa e famelica sul suo viso. Scivolò nell'acqua calda e si sedette. Teddy si inginocchiò accanto a lei, prese l'asciugamano e glielo passò sul petto, poi si applicò sul seno con un'attenzione lenta e sensuale. Osservandola, lei poté vedere il battito enfatico del suo cuore nel modo in cui muoveva il capezzolo a punta. Appoggiò i gomiti sui bordi della vasca e lasciò ricadere la testa all'indietro. Teddy continuò ad accarezzarla, massaggiando con l'asciugamano ogni linea e fessura del suo corpo fino a raggiungere la giuntura tra le cosce. Lì, abbandonò l'asciugamano, lasciando che le dita scivolassero sulle pieghe sensibili. Una gamba sussultò per reazione, ma lei lasciò cadere le ginocchia aperte davanti a lui. Teddy la stuzzicò, sfiorandole appena le pieghe intime con tocchi leggeri, abbastanza da farla sobbalzare, sussultare e desiderare di più. Il calore le inondò il cuore e si ritrovò ad ansimare, a disagio, in un certo senso bisognosa.

«Ne vuole ancora?» mormorò, percependo la sua crescente angoscia.

«Chi? Oh!» esclamò, rendendosi conto che stava parlando del suo sesso. Imbarazzata, si morse le labbra, incapace di rispondergli.

«Esci dalla vasca.»

Si alzò così in fretta che vide le stelle, ma Teddy le prese il braccio e la sostenne mentre usciva dalla vasca, asciugandola con un'attenzione che la fece sentire come se avesse bevuto troppo vino. Quando fu asciutta, disse: «Ci metto un attimo», e si spogliò, entrando in acqua.

Lo fissò, rendendosi conto che era la prima volta che vedeva lui o un altro uomo completamente nudo. Il suo petto era ampio, irto di peli, i muscoli spiccavano in una definizione decisa. La sua virilità era ispessita e pronta, e si allungò ancora di più quando lui notò la sua attenzione. Si inginocchiò accanto alla vasca, allungando cautamente la mano nell'acqua per afferrarla. Teddy inspirò profondamente mentre la lunghezza aumentava nella sua mano, crescendo ben oltre il polso. Incoraggiata dalla sua reazione, incontrò il suo sguardo, chiedendosi cosa fare dopo. I suoi occhi erano cupi mentre le copriva la mano con la sua, indicandole di afferrarla alla base, poi di farla scorrere lungo il suo membro, sopra la cappella e di nuovo giù. Lei continuò dopo che lui le lasciò la mano, affascinata dal calore pulsante sotto le sue dita e dalla potenza che sembrava esercitare mentre costringeva il marito a respirare a fatica.

«Basta» disse bruscamente, con voce bassa e gutturale. Lei si accovacciò, guardandolo uscire dalla vasca e asciugarsi in fretta. Lui salì sul letto, sdraiandosi sui gomiti. «Vieni, colombella.»

Deglutì, sentendosi improvvisamente nervosa. Gli si avvicinò, afferrandogli di nuovo il pene e abbassando lentamente la testa. «Basta» sussurrò lui mentre lei apriva timidamente le labbra. Ne mise solo l'estremità in bocca, meravigliandosi del contrasto tra la pelle morbida e l'organo duro. «Sì, Phoebe. Vai più a fondo» la esortò.

Alzò lo sguardo sul suo viso e, vedendo il desiderio oscuro e animalesco che vi si celava, aprì la mascella e lo prese più a fondo. Il suo gemito la incoraggiò. Riportò la bocca in posizione, poi saggiò l'effetto della sua lingua sulla sommità del pene.

«Oh, Phoebe» gemette lui.

Sorrise, muovendo la lingua più velocemente, osservando una minuscola goccia di liquido che si accumulava. La leccò, assaporandone il gusto salato, poi continuò a girargli intorno all'intera sommità del pene prima di aprire la bocca e prenderlo di nuovo, ottenendo un altro profondo gemito. «Phoebe,» disse con voce roca. «Girati.»

«Prego?» chiese lei confusa, voltandosi a guardarsi alle spalle.

Lui si alzò a sedere e allungò una mano verso di lei. «Dammi le gambe.»

Ancora perplessa, lei strisciò verso la sua testa. La prese per la vita e la guidò finché non fu sdraiata sul suo petto, con il sedere rivolto verso la sua testa, la bocca sul suo pene. Lei si ritrasse quando la sua lingua le colpì il sesso. «Oh!»

Un leggero schiaffo le colpì il sederino dolente. «Continua a succhiare, tesoro.»

Emise un piccolo gemito mentre apriva la bocca per assorbire la sua lunghezza, incapace di concentrarsi quando la sua lingua le scivolò tra le labbra esterne. «Oh, Teddy!»

Un altro schiaffo. «Concentrati, colombella.»

«Come posso farlo se mi distrai così tanto?»

Tre schiaffi nello stesso punto la fecero strillare. «Moglie cattiva. Fai come ti dico» le ordinò, stringendole saldamente i fianchi in modo che non potesse muoversi e applicando la lingua con vigore. Lei si divincolò e gli fece scivolare la bocca sul sesso con altrettanta forza, il suo entusiasmo cresceva man mano che il bisogno aumentava dentro di lei.

Quando il suo dito premette dentro, si bloccò, in ascolto.

«Continua, ragazzaccia!» rise.

«Oh!» Tornò al suo dovere, quasi incapace di ricordare cosa stesse facendo, mentre la bocca si tuffava sul suo lungo e duro membro, mentre il suo dito le saccheggiava il sesso. Quando un altro dito le premette contro il buco posteriore, perse completamente la ragione, con la testa che le ondeggiava, così lo prese in gola prima di staccarsi con un grido. Teddy aveva emesso un grido a sua volta e continuò ad assalirla nella zona inferiore: un dito che si infilava in ogni buco, la lingua che le stuzzicava il sesso frenetico finché lei quasi urlò per la sensazione e l'orgasmo travolgente la scosse fino al midollo. Senza perdere tempo, Teddy le diede un altro schiaffo sul sedere, scivolando via da sotto di lei e tirandola a quattro zampe. In un attimo si stava immergendo in lei così profondamente che pensò di essersi spaccata in due, poi il suo grido trionfante echeggiò per la stanza.

Capitolo sette

Col senno di poi, avrebbe dovuto riconoscere la cavalla grigia legata nella stalla. Di ritorno da una passeggiata in carrozza il giorno seguente, con la mano stretta saldamente in quella di Teddy, l'idea di un ospite la sorprese piacevolmente e scese dalla carrozza con un sorriso.

Standish li accolse sulla porta. «Lord Reddington è qui per vedervi, milord. È stato qui tutta la mattina, insistendo per aspettare il vostro arrivo.»

Il viso di Teddy si oscurò di scatto. «Vai di sopra nella nostra camera da letto, amore. Mi occuperò di tuo cognato.»

Annuì, salendo lentamente i gradini, con la mente che le turbinava. Cosa poteva volere Reddington? L'ultima volta che lo avevano visto era stata quella notte orribile in cui Teddy lo aveva quasi strangolato a morte. Che fosse venuto per una sorta di vendetta? Si fermò in cima ai gradini. Se fosse stato così, doveva intervenire. Ma Teddy chiaramente non la voleva a portata d'orecchio, altrimenti le avrebbe suggerito di aspettare in salotto invece di mandarla fino in camera loro. Si strinse le dita, paralizzata dall'indecisione. Il ricordo dell'espressione apoplettica di Reddington l'ultima volta che l'avevano visto la spronò ad agire. Scese rapidamente le scale e si fermò fuori dallo studio di Teddy, in ascolto.

Non sentì nulla. Girando lentamente la maniglia, come un ladro che entra in una casa buia, aprì la porta di un soffio e sbirciò dentro. Ciò che vide la spinse a spalancare e a sbattere la porta.

Teddy era in ginocchio, sanguinante alla tempia, con una pistola puntata a pochi centimetri dalla fronte. La sua espressione era di gelida furia.

No.

Il cuore le batteva in gola. «Cosa stai facendo?» ansimò.

«Uccido tuo marito, Phoebe. Chiedo vendetta.» C'era qualcosa di decisamente sbagliato in Reddington. Non sembrava arrabbiato, sembrava impazzito. Aveva le guance arrossate e sudava copiosamente, l'umidità gli colava lungo le basette e gli bagnava colletto e cravatta.

Avrebbe dovuto in qualche modo calmarlo. Fece diversi passi esitanti nella sua direzione. «Ucciderlo non ti darà soddisfazione, Clayton» disse, mantenendo un tono di voce basso e pacato.

Alzò gli occhi di scatto verso di lei, sorpreso che avesse usato il suo nome di battesimo. Continuò il suo lento avvicinamento. «È me che vuoi, non è vero?»

Lo sguardo di Reddington saettò dal suo viso al suo bersaglio designato e viceversa. Si spostò su entrambi i piedi e si asciugò il sudore con il dorso della manica. Poi allungò un braccio e la afferrò per i capelli. Lei sussultò.

«Non toccarla!» ringhiò Teddy, ma quando fece per muoversi, Reddington gli diede un colpetto sulla testa con la canna della pistola.

Lei si dimenò nella sua presa, cercando di alleviare il

dolore al cuoio capelluto. Lui la tirò più vicino e le tirò indietro la testa in modo che il suo viso lo guardasse.

«Hai scelto questo dandy invece di me?» sogghignò Reddington, dando a Teddy un calcio nello stomaco.

«Lascialo stare!» urlò. «Eri sposato», improvvisò disperatamente. «Volevo restare, ma sei sposato con Maud, mia sorella... come potevo scegliere te?»

Reddington sembrava confuso, il suo viso eccessivamente espressivo mentre balenò una speranza infantile prima che la crudele freddezza tornasse.

«Avrei preferito te a una dozzina di Maud! Ma ormai è troppo tardi» il suo viso si fece ancora più rosso, «ora che sei stata... sei stata... macchiata!» Con l'ultima parola, sputò verso Teddy.

L'espressione di Teddy era decisamente omicida.

«No» mentì. «Teniamo camere da letto separate. Io... io gli ho offerto la libertà con le sue amanti. L'ho sposato solo per il titolo.»

Reddington ora la fissava, con un luccichio compiaciuto e calcolatore negli occhi.

Lanciò un'occhiata nervosa a Teddy, sperando che capisse la sua tattica.

«Mi stai facendo male» piagnucolò dolcemente, sbattendo leggermente le ciglia.

Lui le lasciò la presa sui capelli.

«Lascialo andare, non è niente per me» implorò. «Lascia Fenton, vengo con te.»

«Al diavolo tu...»

Il colpo secco di Reddington che colpì Teddy alla tempia con la canna della pistola troncò la protesta del marito.

«No!» urlò mentre Teddy cadeva su un fianco, le palpebre che sbattevano e poi si chiudevano.

Dio mio, fa' che sia vivo. Ti prego, fa' che sia vivo, ancora.

«Non è necessario, mio signore! Calmati e pensa a questa situazione. Se uccidi Fenton, verrai impiccato per omicidio colposo.» La bile le salì in gola, ma mantenne la voce ferma. Gli tirò la manica. «Non voglio che tu venga impiccato, Clayton», mentì, spalancando gli occhi innocenti, cercando di apparire la ragazza ingenua che era stata prima che lui la rovinasse quasi. Gli infilò il braccio nel gomito. «Vieni. Torno indietro con te. Andiamocene da qui prima che si svegli.»

Reddington lanciò un'occhiata dubbiosa a Teddy, poi a lei. Gli rivolse di nuovo il suo migliore sguardo da cerbiatta. Lui aggrottò la fronte e liberò il braccio da dove lei gli teneva la manica. Un'ondata di delusione e terrore la percorse, ma poi le afferrò il braccio con una stretta lancinante e si diresse verso la porta, trascinandola con sé.

Grazie a Dio, Teddy sarebbe stato al sicuro.

Reddington infilò la pistola nella tasca della giacca, poi inclinò la tasca in modo che lei potesse sentire la canna dura premere contro il fianco. «Andiamo. Se dici qualcosa ai servitori, qualsiasi cosa, ti sparo, e poi tornerò a sparare anche a lui. Capito?»

Annuì, il corsetto le stringeva le costole così forte che si sentì stordita. Lui allentò la presa sul suo braccio, prendendole il gomito in un finto gesto da gentiluomo e conducendola fuori dalla casa. Il duro metallo della pistola le penetrava attraverso gli strati del vestito e del corsetto, tenendola in tensione mentre immaginava di cercare di incrociare lo sguardo di Standish. Ma Standish non c'era, e scesero senza darle la possibilità di segnalare a qualcuno le condizioni di incoscienza di Teddy o la sua situazione.

Nella stalla, Reddington osservò la sua cavalla.

«Possiamo prendere la carrozza» si affrettò a dire, dirigendosi verso di essa.

Hensley, il cocchiere, si fece avanti frettolosamente. «A casa dei Reddington, milady?»

«No» sbottò Reddington nello stesso momento in cui lei aveva cinguettato «sì». Non sapeva cosa Reddington avesse in mente per lei, ma aveva già deciso che il posto più sicuro sarebbe stata casa sua, dove sua sorella e la servitù avrebbero potuto proteggerla e dove Teddy l'avrebbe sicuramente cercata. *Se Teddy fosse sopravvissuto.*

Respinse l'immagine di Teddy immobile sul pavimento. In quel momento doveva impedire a Reddington di tagliarle la gola e gettarla nel Tamigi. «Portami a casa» implorò Reddington, come se la sua casa fosse ancora "casa" per lei, e allo stesso tempo rabbrividì chiedendosi cosa avrebbe pensato Hensley di tutto questo.

Reddington sbatté le palpebre.

«Maud capirà che il mio matrimonio non ha funzionato» implorò.

Reddington annuì con decisione. «A casa mia» ordinò con la voce autorevole che fece correre i suoi servi. Si sentì di nuovo mancare per il sollievo.

«Sì, milord» disse Hensley, incapace di nascondere il suo sguardo indagatore. La aiutò a salire in carrozza e Reddington la seguì.

Reddington si sedette accanto a lei e le prese la mano, stringendola così forte che dovette mordersi il labbro per non ansimare. Che differenza con il modo ozioso in cui Teddy giocava con le sue dita in grembo o le massaggiava il muscolo spesso del pollice. La stretta di Reddington era crudele, possessiva.

Il viaggio fu breve, troppo breve. Voleva implorare Hensley di restare, di comunicargli in qualche modo la sua situazione, ma non le venne in mente alcun modo per farlo. Invece, lo congedò e seguì la stretta brutale al suo gomito mentre Reddington la conduceva dentro, direttamente nel suo studio. Il nodo allo stomaco le si strinse sempre di più mentre guardava l'ambiente familiare, l'odore le ricordava la vita opprimente che aveva condotto lì. Il rossore sulle guance di lui confermò la sua paura: aveva intenzione di averla subito.

* * *

Phoebe.

Si alzò da terra troppo in fretta, e il turbine nella testa lo fece cadere su un ginocchio prima di rialzarsi barcollando.

Dov'era? Dove erano andati?

Uscì di corsa dalla stanza, ignorando il dolore lancinante alla testa.

«Phoebe?» urlò.

«Se n'è andata, milord. Con Lord Reddington» disse Sarah, una delle cameriere.

Imprecò. «Quanto tempo fa?»

«Beh, è stato subito dopo che hanno lasciato il vostro studio, milord.»

«Quando è stato?» scattò, incapace di contenere il panico.

Sarah sembrava spaventata. «Milord, state sanguinando!»

«Quanto tempo fa?» urlò.

«Solo un po'. Non lo so... quindici minuti?»

Standish si precipitò in avanti al suono delle urla. «Mandate un uomo all'ufficio del magistrato e ditegli che ho bisogno di un agente di Bow Street che mi venga a prendere da Lord Reddington. E mandate subito Doyle e Hartford con me. Li incontrerò nella stalla.»

«Sì, mio signore. Cos'è successo?»

«Reddington ha rapito mia moglie», ringhiò a denti stretti. Tornato di corsa nel suo studio, recuperò la pistola che aveva preso da Reddington la prima notte in cui aveva incontrato Phoebe e la infilò nella tasca della giacca.

La sua carrozza era sparita, con la cavalla di Reddington ancora in attesa. Le montò in groppa, aspettando i suoi due servitori, entrambi giovani e abbastanza agili da fungere da riserva.

Quando arrivarono e trovarono le loro cavalcature, i tre partirono, incitando i cavalli il più velocemente possibile per le trafficate strade di Londra. Pregò che lei fosse da Reddington. Altrimenti, non sapeva da dove cominciare a cercare. Quando arrivarono, imprecò non trovando la sua carrozza lì. Ma forse Reddington o Phoebe avevano congedato Hensley. Smontò da cavallo, nascose la pistola e si diresse a grandi passi verso la porta, dove bussò con decisione.

Quando la porta si spalancò, puntò la pistola direttamente in faccia al portiere. «Portami da mia moglie» sibilò.

Gli occhi del servitore si spalancarono e lui barcollò all'indietro, un vantaggio di cui Teddy approfittò subito, seguendolo in casa e guardandosi intorno mentre attivava le orecchie. Colpì il portiere con la canna. «Dove?» sibilò.

«Nello... nello studio, milord.»

Non aspettò che lo facessero entrare o lo annunciassero, percorse a grandi passi il corridoio con Doyle e Hartford che lo seguivano a breve distanza. La porta era chiusa a chiave. «Aiutatemi» disse, sbattendo la spalla contro la porta. «Uno, due, tre...» Lui e Doyle sbatterono con le spalle contro la porta, invano. «Ancora, uno, due, tre.» Questa volta si spalancò contemporaneamente a uno sparo e un dolore lancinante gli attraversò il braccio. «Teddy!» urlò Phoebe, liberandosi di scatto da Reddington, con l'abito e il corsetto che si aprivano a rivelare un seno mentre si lanciava in avanti. Lui la strinse tra le braccia, tirandola a sé con il braccio colpito, puntando la pistola e sparando all'infuriato Reddington, che si stava già lanciando verso di loro.

Il proiettile lo colpì alla gola e cadde a terra ai loro piedi con uno strano gorgoglio. In un istante, la porta si riempì di servitori, che Doyle interruppe gridando: «State indietro! Non entra nessuno. È finita. Gli agenti stanno arrivando.» Phoebe si aggrappò a lui, tremante, apparentemente incapace di parlare. «Va tutto bene, è finita» le ripeté le parole di Doyle in un sussurro. «Va tutto bene. Non ti toccherà mai più.»

«Mi dispiace, Teddy» fu la sua risposta angosciata, e gli si strinse il cuore.

«Non è colpa tua. Niente di tutto ciò. Quell'uomo era impazzito.»

Maud si fece strada nella stanza e lanciò un urlo agghiacciante.

«Sta' zitta, Maud!» scattò Phoebe, sollevando la testa dalla sua spalla. Lui provò un moto di orgoglio, sapendo che non era sua abitudine tenere testa alla sorella.

«Portatela fuori di qui» ordinò alla folla di servitori. «Non dovrebbe vedere questo.»

«Cos'è successo?» gracchiò Maud, pallida in viso.

«Mi ha sparato, così io gli ho sparato a mia volta. Ha cercato di rubarmi mia moglie.»

Maud spalancò gli occhi e si coprì la bocca con le mani, trattenendo un singhiozzo che le scosse il petto.

«Oh, Phoebe!» gridò, avvicinandosi a loro. Lui pensò di vedere del rimorso nella sua espressione, a conferma del sospetto che sapesse cosa avesse fatto il marito a sua sorella. «Phoebe» ripeté, con aria smarrita.

«Vai a sdraiarti, Maud» disse Phoebe con voce spenta.

Maud annuì e uscì dalla stanza, tirando su col naso.

Phoebe si ritrasse. «Hai detto che ti ha sparato...» si interruppe, osservando il suo braccio, che ora gocciolava sangue. Lui la afferrò mentre lei sveniva, barcollando, perché anche i suoi piedi erano malfermi. Hartford li salvò entrambi tirando una sedia sotto di lui, così da potersi accasciare, con Phoebe inerte tra le braccia.

Perse la cognizione del tempo, notando vagamente Doyle e Hartford che chiudevano le porte, dicendo ai domestici di non toccare nulla finché non fosse arrivata la polizia.

Phoebe aprì gli occhi e si sedette sulle sue ginocchia. «Teddy, ti hanno sparato!»

«Non è niente, tesoro. Stai bene?»

«Teddy, ti hanno sparato.» Si rivolse a Doyle. «Chiama subito un medico!»

«Già fatto, milady» rispose Doyle.

«Sto bene, Phoebe. Sto bene. Te lo prometto.» Pronunciò le ultime due parole a bassa voce, mentre le lacrime cominciavano a rigarle le guance.

«Lo prometti?»

«Lo prometto.»

«Teddy...» La sua voce era dolce, piena di emozione. Amava il suono che faceva il suo nome con quel tono.

Arrivarono due agenti. Doyle e Hartford raccontarono la storia come la conoscevano, e Phoebe raccontò la sua parte. Lui cominciava a tremare, sentendosi debole per lo shock. Il medico arrivò nel bel mezzo della scena e Phoebe prese il comando, accompagnandolo. «Eccolo, dottore. È stato colpito al braccio.» Phoebe gli aveva già sfilato giacca e gilet, lasciando la camicia intrisa di sangue sotto la biancheria che le cameriere avevano preso per premergli la ferita.

«È solo un graffio» disse, facendo l'occhiolino a Phoebe per allentare la tensione.

«Vorrei portarvi a letto, milord.»

«Beh, preferisco andarci con mia moglie, ma se insistete, la porterò a letto non appena possibile.»

«Teddy!» lo rimproverò Phoebe, sebbene lui potesse percepire una traccia di ilarità nella sua voce.

Il dottore ridacchiò. «Beh, sono contento di sentire che siete ancora di buon umore, milord. Diamo un'occhiata a questo» disse, strappando la manica della camicia per esporre la ferita.

Trasalì quando il dottore gli sollevò il braccio e lo torse per ispezionarlo da diverse angolazioni.

«È stato molto fortunato, milord. Molto fortunato, davvero. Il proiettile ha attraversato solo la parte carnosa del vostro braccio, nessun osso o arterie principali sembrano interessati, e non vedo più tracce di piombo.» Phoebe tirò un sospiro di sollievo. «Grazie a Dio!» esclamò.

Ecco cosa significa avere una moglie. Il calore gli riempì il petto, mentre la sua vista si offuscava.

* * *

Sedeva tra il letto e la finestra, osservando la strada sottostante mentre Teddy dormiva. Il medico lo aveva visto sistemarsi nel suo letto la notte prima, con la ferita pulita e fasciata, lasciando istruzioni per il cambio delle bende e l'applicazione degli impacchi. Teddy aveva dormito tutta la notte, durante il cambio delle bende e ora era passato mezzogiorno senza che si svegliasse. La signora Reeves, la governante, le aveva detto di non preoccuparsi, che non aveva la febbre e stava riposando bene, ma Phoebe continuava a preoccuparsi.

Pensare che avrebbe potuto essere stato lui a essere ucciso la notte prima la raggelò fino alle ossa. E non riusciva a scrollarsi di dosso la nausea allo stomaco al pensiero che Reddington l'avesse toccata di nuovo. Era stata tormentata in quel momento, nel decidere se fosse meglio combattere o lasciargli fare quello che voleva. Da codarda, aveva scelto di lasciargli fare quello che voleva, pensando che potesse essere la sua unica possibilità di uscirne viva. Ora, sentiva di aver tradito suo marito. Voltandosi a guardarlo, si sorprese di vedere che la osservava.

«Sei sveglio!»

«Sei bellissima alla luce del mattino» disse con il dolce mormorio di un innamorato.

«Non è ancora mattina, amore, sono le due e mezza!»

Sorrise. «È la prima volta che mi chiami 'amore'.»

Si alzò dallo sgabello e si appollaiò accanto a lui sul letto. Gli accarezzò la guancia con l'indice. «Amore» ripeté dolcemente. «Come ti senti?»

«Va bene. Un po' di mal di testa, tutto qui. Niente di cui preoccuparti.» Le sollevò il pollice sulla fronte, accarezzandole la ruga tra le sopracciglia.

Gli prese la mano e se la portò alle labbra, baciandola.

Lui sorrise. «Dovrei farmi sparare più spesso, non avevo idea che tu fossi così premurosa.»

Sorrise e lo baciò. «Sciocco.»

Il suo viso si fece serio. «Mi dispiace tanto di non averti potuto abbracciare ieri sera.» La guardò preoccupato. «Mi sono addormentato prima che uscissero tutti dalla camera da letto, vero?»

Lei annuì.

«Dimmi cos'è successo dopo che sono svenuto nel mio studio.»

Prese un respiro, pregando che Teddy la perdonasse. «Gli ho detto che sarei andata a casa con lui, che ti avrei lasciato. Mi dispiace, ma sembrava così pazzo...»

Teddy si irrigidì. «E poi cos'è successo?» la incalzò.

Si lisciò le gonne sulle cosce. «Ci ha portato a casa sua con la tua carrozza.» Ricordandosi che Hensley aveva sentito quello che aveva detto a Reddington, e temendo che potesse ripeterlo a Teddy, spiegò. «Gli ho detto io di portarmici, che il mio matrimonio non aveva funzionato. Speravo che Maud o la servitù mi aiutassero, capisci...»

Il viso di Teddy era scuro. «E poi?»

Si agitò con le mani in grembo, timorosa della sua diffidenza. «Mi ha portata direttamente nel suo studio.» Improvvisamente, le lacrime le salirono agli occhi. «Mi sono lasciata toccare da lui. Non ho lottato, proprio come non ho lottato con lui la prima volta. Sono stata una vera codarda!»

Teddy la circondò con le braccia, tirandole il busto contro il suo, così da tenerla stretta tra le sue. «No, non sei una codarda. Sei stata molto, molto saggia. Lui aveva una pistola e ti avrebbe uccisa se avessi lottato, Phoebe. Hai fatto la cosa giusta, e sono orgoglioso di te.»

Un singhiozzo di sollievo le ruppe la gola. «Sentivo di averti tradito» pianse contro il suo petto.

«Shh. No, hai salvato la mia vita e la tua con la tua prontezza di spirito.» La cullò da un lato all'altro tra le sue braccia. «Mi dispiace tanto di non averti protetta da lui. Mi dispiace tanto.»

Tirò su col naso e sollevò la testa. «Ma l'hai fatto, Teddy» gracchiò. «Mi hai salvata.»

«Sono... arrivato in tempo?» La sua domanda fu poco più di un sussurro.

Annuì. «Sì, mio signore.» Vide il sollievo sul suo viso mentre gli appoggiava la guancia sul petto. «Sei arrabbiato con me?»

«Certo che no. Sei tu la vittima in tutto questo, lo sei sempre stata. La colpa è solo di Reddington.»

Espirò. Aveva molto da imparare da lui sulla fiducia. Non aveva mai dubitato di lei per un attimo. «E Reddington ora è morto.» Il che le ricordò un'altra ansia assillante: il destino di sua sorella Maud.

«Immagino che Maud dovrà trasferirsi da noi ora, non è vero?» chiese esitante.

Lui esitò. «È questo che vuoi?»

«Beh, non credo che potrà stare da Reddington: il titolo e la proprietà passeranno a un cugino, visto che non è mai riuscita a concepire.»

«Sì, capisco che spetterà a me mantenerla, ma vuoi che viva qui, con noi?»

Un'acuta fitta di gelosia la fece stringere i denti. «Hai promesso che non avresti mai...»

Teddy ridacchiò. «È una promessa che intendo mantenere. Ma non siamo obbligati a tenerla qui con noi, tesoro. Potrei comprarle una casa da vedova, o mandarla a vivere con mia madre. Non è obbligata a vivere qui se tu non la vuoi.»

Sentì le guance arrossire. «È terribile non volerla?»

«Io non la voglio di sicuro!» esclamò Teddy, facendola ridere di sollievo.

Sollevò la testa per guardarlo. «Ti adoro, Lord Fenton.»

«E io adoro te, Lady Fenton.» Lui chinò la testa verso la sua e le toccò le labbra con un bacio dolce e adorante.

Capitolo otto

Il volto pallido di Phoebe era tirato per la tensione. Seduta sul divano nello studio di Teddy, stringeva il suo primo volume di poesie, fresco di stampa. Sfogliava le pagine con sguardo vitreo e frenetico.

«Phoebe», disse dolcemente. «Non c'è bisogno che tu continui a prepararti. Hai già scelto le poesie che leggerai.»

Lei lo ignorò e continuò a sfogliare rapidamente le pagine.

«Phoebe.»

Non alzò lo sguardo né smise di comportarsi in modo frenetico.

Lui aprì il cassetto della scrivania e tirò fuori il righello che aveva preso per sostituire quello rotto, sorridendo tra sé e sé. Phoebe si accorse a malapena che si era seduto accanto a lei, ma quando se la fece cadere sulle ginocchia, emise un urlo di protesta.

«Teddy! Cosa stai facendo?»

Le sollevò la gonna sopra la testa e infilò la mano nella fessura delle mutande, disegnando pigri cerchi sulla sua pelle nuda. «Teddy, non ho tempo per questo!»

Le aprì la fessura e prese il righello. «Hai detto la cosa sbagliata colombella», la rimproverò, facendo cadere il righello di legno con uno schiocco.

«Ahi! Teddy! Basta!»

Continuò a sculacciarla con il righello. «No, amore. Penso che questo ti aiuterà a concentrarti e a rilassarti. E poi, è così che è iniziato tutto, ricordi?»

Lei si dimenò sulle sue gambe, la frustrazione era evidente. «Come è iniziato cosa?» chiese, con tono esasperato.

«Il tuo libro. Ricordi? Ti ho trovata alla mia scrivania, e...»

«Sì, sì, mi ricordo! Ahi! Teddy, smettila!»

«Dovresti saperlo ormai, dirmi di smetterla non ti servirà a niente. Se ho intenzione di sculacciarti, lo farò.»

Il suo sedere che si dimenava stava diventando di una bella tonalità di rosa e la vista invitante del sesso rugiadoso gli fece indurire il pene. Interruppe l'assalto alle sue natiche tremanti e le fece scorrere un dito lungo la fessura dei glutei. «Non ti ho ancora insegnato a prendermi qui, vero?» chiese, accarezzando il piccolo fiore del suo ano. Lei emise un gridolino e strinse le natiche, tenendole unite. Lui raccolse il righello e lo applicò con più forza per altri cinque colpi.

Lei continuò a stringerle, ora ruotando all'indietro per cercare di coprirsi con la mano.

Lui emise uno schiocco di dita. «Qual è la mia regola riguardo al coprirsi?» chiese, applicando il righello sulla parte posteriore delle sue cosce, cosa che la fece urlare.

«Mi dispiace! Teddy, *ti prego*! Smettila!»

«Dimmi cosa temi riguardo al ricevimento.»

«Temo che mi odieranno!»

Le diede tre forti sculacciate con il righello. «Non ti odieranno. Cos'altro?»

«Temo di perdere il segno mentre leggo.»

Le diede altre due sculacciate. «Ti proibisco di perdere il segno» disse con finta autorità.

Lei ridacchiò.

«Cos'altro?»

«Temo che Maud dica qualcosa che mi faccia sentire come un'oca.»

Le accarezzò il sedere. «Se Maud dice qualcosa per umiliarti, la trascinerò nello studio e le applicherò un righello sul sedere finché non urlerà pietà.»

Lei ridacchiò. «Mi farebbe quasi piacere. Solo che mi sembra di ricordare che l'hai già sculacciata prima e il pensiero mi fa impazzire di gelosia.»

Provò una fitta di rimorso. «Vorrei non aver mai, mai avuto tua sorella. Mi dispiace che il pensiero ti faccia male.»

«Beh, se non avessi avuto mia sorella, non sarei tua moglie, no? Quindi non mi dispiace. Ma mi dispiace che tu mi stia prendendo a sculacciate ora. Hai finito?»

Le diede diversi forti colpi con il righello. «Impertinente! Credo che la signora debba essere rimessa al suo posto.» La sollevò dalle sue ginocchia. «Inginocchiati» disse severamente.

Il suo viso era arrossato per essere stata piegata sulle sue ginocchia, il che faceva risaltare l'azzurro degli occhi mentre lo guardava sbattendo le palpebre per la sorpresa.

«Mi hai sentito. In ginocchio, china sul divano.»

Lei si chinò lentamente per obbedire mentre lui si alzava e le sollevava di nuovo le gonne, abbassando le mutande per esporre il suo sedere paffuto e castigato. Si inginocchiò dietro di lei e le allungò una mano davanti per accarezzarle il sesso, suscitandole un brivido e un gemito.

La sua fessura era pronta per essere presa, gonfia e gocciolante dei suoi succhi naturali. Fece lenti movimenti circolari intorno al suo nocciolo di piacere, sentendolo indurirsi e allungarsi sotto le sue dita. Applicando una generosa quantità di saliva sulla punta del suo pene, le aprì le natiche.

«Teddy!»

Rispose con un piccolo schiaffo sul suo sesso. «Moglie cattiva. Prenditi la tua punizione.»

«Oh-oh!» grugnì lei mentre lui esercitava pressione sull'anello stretto del suo ano mentre muoveva rapidamente le dita sul suo sesso viscido.

«Apri per me. Spingi indietro un po'» la blandì. «Ecco. Brava ragazza.» Lui aprì l'apertura e scivolò dentro.

Phoebe emise un grido strozzato.

Aumentò il ritmo delle dita nel suo sesso e i suoi muscoli si rilassarono e si aprirono per lui. «Brava ragazza» ripeté, muovendosi lentamente, delicatamente.

«Sì, Teddy! Teddy!» ansimò lei.

L'idea di prendere sua moglie in questo modo lo inebriava tanto quanto la sensazione, e scoprì di essere pronto all'orgasmo con una rapidità impressionante. Colpendo il suo sesso con rapide piccole sculacciate, si spinse fino all'orgasmo, i suoi gemiti lamentosi e supplichevoli erano la musica che lo riportava a casa. Quando raggiunse l'apice, emise un grido e Phoebe tese i muscoli con i suoi, stringendogli il pene in una morsa che lo fece eiaculare con una ferocia inaspettata.

Quando il grido si fu placato, si liberò con cautela da lei. «Dolce Phoebe» cantilenò dolcemente. «Mia piccola poetessa. Sei straordinaria.»

Lei si voltò per sorridergli da sopra la spalla, i capelli le cadevano dalle forcine, onde setose le ricadevano sul viso arrossato.

«Non muoverti» disse dolcemente.

«Perché no?» chiese lei, con aria perplessa.

«Perché voglio ricordare il tuo aspetto di poco fa: sei così bella.»

Rise. «In qualche modo, dubito che sia questo il modo in cui dovrei presentarmi al ricevimento dai Westerfield» disse.

Lui sorrise con affetto. «Probabilmente no. Ti senti meglio ora?»

«Molto» rispose lei, ed era chiaro che fosse così. Il suo viso e le sue spalle si erano rilassati e ora aveva un colorito radioso che la rendeva più bella di quanto lui non l'avesse mai vista. «È ora di andare?»

* * *

Teddy le scostò i capelli dal viso accarezzandole la fronte. «Sì, amore. Perché non vai a prepararti mentre chiamo la carrozza?» La aiutò ad alzarsi e le tenne il gomito mentre usciva dallo studio, inizialmente incerta. Aveva il sedere caldo per le sculacciate e anche l'ano le faceva male, ma una sensazione di beatitudine le percorreva il corpo.

Salì le scale con le gambe tremanti e si sedette alla toletta per riagghindarsi i capelli. Tutta la tensione per la lettura e il ricevimento che i Westerfield le avrebbero offerto quel pomeriggio era svanita. Al contrario, si sentiva pervasa da una calma e graziosa sensazione. La pace la accompagnò durante il giro in carrozza e l'incontro con gli ospiti che Lady Westerfield aveva invitato.

Non svenne nemmeno quando Lady Westerfield la presentò a tutti e la invitò a leggere. Era come se fluttuasse su una nuvola, guardandoli tutti dall'alto: Teddy, Wynn, Kitty, tre nuove persone nella sua vita che si prendevano davvero cura di lei. Persone di cui cominciava a credere di potersi fidare. Le sorridevano tutte in modo incoraggiante. Anche Maud era lì, ma non la turbò. Come in un sogno, aprì il suo libro di poesie e iniziò a leggere:

Giunco

Oggi libererò le mie viscere –
    Diffondo lanugine da orecchie e bocca
    Il cotone esplode dalla sommità della mia testa.
    È stata una lunga estate, passata a succhiare la luce del sole, a vivere la
    stagione. Ho aspettato il mio momento, mantenendo in ordine l'esterno.
    Come le signore ammireranno il sottrarmi alla primavera.

Lesse altre poesie prima di tornare al fianco del marito, che la prese tra le braccia e la baciò sulle labbra davanti a tutti.

«Sei stata splendida.»

«Ti amo, Lord Fenton.»

Sorrise, accarezzandole il labbro inferiore con il pollice.

«Grazie per questo, per aver pubblicato le mie poesie.»

«Non ho pubblicato io le tue poesie, il merito è solo tuo» disse guardandola come se fosse la donna più interessante della stanza.

Si sciolse per quell'attenzione. Dopo due mesi di felicità coniugale, non riusciva ancora a credere che lui fosse davvero suo, eppure eccolo lì, che la adorava, che si prendeva cura di lei in camera da letto, pretendendo che si concedesse completamente a lui e che le restituisse tutto il suo essere. «L'unica azione di cui mi prenderò il merito è stata quella di averti ingannato per sposarmi, Lord Fenton, perché è stata la mossa più astuta che abbia mai fatto.»

Sorrise con indulgenza. «La damigella che ha salvato il suo cavaliere. Non me ne pentirò mai.» Chinò la testa per darle un altro bacio. «Mi hai salvato la vita in più di un modo quella notte, colombella.» La girò in modo che si voltasse verso la folla e le diede una piccola pacca sul sedere. «Ora vai e ricevi le congratulazioni da tutti i tuoi nuovi fan.»

Fine

Disobbedienza dalla sarta

*N*ota: *questo è un breve racconto bonus ambientato nel mondo condiviso da L'affaire Westerfield e Lo scandalo Reddington.*

«Kitty», disse Lord Westerfield, con un profondo solco tra le sopracciglia. «Non ti ho appena proibito di farti confezionare nuovi abiti da ballo senza prima chiedere il mio consenso?» Teneva in mano una fattura, che doveva essere appena arrivata dalla sarta.

Un nodo le strinse lo stomaco. Si era tormentata per tutta la settimana per la sfacciata ribellione con cui gli aveva disobbedito di proposito per rabbia. Si era resa conto della follia delle sue azioni non appena aveva agito, ma ormai era troppo tardi. Le costole premevano contro le stecche del corsetto mentre riempiva i polmoni ed esalava il respiro. Tutte le risposte sarcastiche che si era preparata a lanciargli quel giorno si dissolsero e nessuna parola le sostituì. «Oh, beh... devo averli ordinati prima che tu me lo proibissi», balbettò.

Lui aggrottò la fronte guardando la data sulla fattura e poi alzò lo sguardo, con gli occhi fiammeggianti. «Mi stai mentendo?» chiese incredulo.

Lei trasalì, sconvolta e tornata in sé. «Sì, era una bugia, ma vorrei che fosse vero», confessò con la sua più caratteristica franchezza. «Io...» strinse le labbra. «Ho ordinato gli abiti senza permesso perché ero arrabbiata con te. È stata una cosa stupida.»

Harry sembrò perplesso. «Arrabbiata? Per cosa?»

Lei serrò la mascella, la rabbia ancora intatta. «*Le lettere*» sibilò. «Nel tuo comò.»

La comprensione gli si dipinse sul viso. Una settimana prima, aveva trovato nel suo cassetto una scatola di lettere scritte con una grafia femminile, in cui lo chiamavano "carissimo Harry". Le sue dita erano diventate gelide mentre ne strappava le pagine una a una, girandole per cogliere le schiaccianti dichiarazioni d'amore. «Harry?» aveva gracchiato, con la gola stretta. «Cosa sono queste?»

Lui le aveva lanciato un'occhiata da dove si stava infilando i gemelli e aveva sorriso, come se una scatola di lettere di un'altra donna fosse qualcosa di divertente. «Ah, queste sono di Catherine Hart, il mio amore d'infanzia.»

«Chi?» aveva chiesto.

«La mia prima amante. Una ragazza del villaggio dove sono cresciuto.»

Le dita le tremavano mentre apriva una delle lettere, cercando una data. Harry sembrava completamente indifferente. «Sei ancora in contatto con lei?»

Aveva sbuffato. «Non essere ridicola. Io sono andato all'università e lei ha sposato un ragazzo del villaggio. Non la vedo da almeno dieci anni.»

«Buttale via» aveva intimato, porgendogli la scatola.

«Cosa? No. Mi piace ricordare.»

Il cuore le aveva sbattuto contro le costole. «Allora le butto via io. Non c'è motivo per cui tu debba tenerle!»

«Vorrei tenerle, Kitty. Ora rimettile a posto» aveva ordinato lui, con voce e sguardo sempre più decisi.

Lei lo aveva fissato, un calore di rabbia che la pervadeva a ondate, alternandosi a brividi.

Vedendo il suo atteggiamento di sfida, lui aveva indicato il comò e aveva alzato un sopracciglio. «Rimettile a posto, Kitty.»

La guardò ora, riflettendo, con gli angoli del suo viso ancora induriti dalla rabbia. «Vai a prendere le lettere» ordinò.

«Cosa?»

Non si ripeté, ma si limitò a fissarla con uno sguardo che le fece venire un prurito alle piante dei piedi. Lei si voltò di scatto, scotendo i capelli, e uscì dalla stanza, obbediente e provocatoria. Quando tornò con le lettere, lui si era seduto sul divano, da cui le fece cenno di entrare. Gli mise il fascio di lettere in mano, la pelle del viso tesa per l'emozione. Lui le gettò nel fuoco senza dire una parola.

Si voltò di scatto per assistere alla loro fine, sorpresa da quell'inaspettata svolta. Il silenzio calò tra loro mentre fissava le pagine arricciate, sentendo il suo sguardo su di sé. Uno strattone al polso la tirò giù sul grembo di lui.

«Kitty"» iniziò lui, con tono carezzevole. «Mi dispiace. Non volevo ferirti con quelle parole. Pensavo sapessi che sei l'unica donna che abbia mai amato.»

Gli occhi le si riempirono di lacrime, ma l'orgoglio la fece distogliere ostinatamente lo sguardo. Lui le prese il viso e lo voltò, con tenerezza nello sguardo. «Avrei dovuto permetterti di buttarle via. Ti chiedo scusa. Non significa niente per me: è un caro ricordo di quando sono diventato uomo, ma capisco come conservare quelle lettere ti avrebbe offesa.» Le accarezzò il labbro inferiore con il pollice. «Ero follemente geloso quando pensavo che provassi qualcosa per Fenton» disse, riferendosi al fratello della sua migliore amica con cui una volta aveva deliberatamente suscitato la gelosia di Harry. «Avrei dovuto immaginare che avresti provato lo stesso.»

Il mento le tremò e lo abbassò per nascondere il tradimento dell'emozione, ma lui lo sollevò con una mano. «Eri arrabbiata e mi hai punito ordinando dei vestiti?» Pensò di cogliere una traccia di divertimento sul suo viso.

«Beh, ti stavo sfidando. Non ho dubbi che sarà il mio sedere a essere punito» disse ironicamente. «Se avessi saputo che eri disposta a farti venire le vesciche per quelle lettere, le avrei bruciate quando me l'hai chiesto la prima volta.»

Il suo viso si fece rosso. «Grazie» mormorò.

Lui si appoggiò allo schienale del divano, le dita intrecciate intorno alla sua vita. «Cosa avresti dovuto fare, invece?»

Deglutì e alzò gli occhi verso di lui. «Avrei dovuto dirti quanto ero arrabbiata.»

Lui annuì. «Devi ricordare che sono una frana quando si tratta di capire le donne.»

Annuì. Avevano già avuto quella conversazione.

«Come dovrei punirti?»

Si morse il labbro. Era una domanda seria? O retorica? Lanciò un'occhiata furtiva al suo bel viso. Sembrava in attesa di una risposta.

«Con una piccola sessione di sculacciate?» suggerì.

Contrasse le labbra, ma scosse la testa. «Non credo, gattina. Non una piccola. Mi hai disobbedito e hai mentito. È stata la bugia che mi ha offeso di più.»

Lei scosse la testa. «È stata una vera sciocchezza. Mi scuso.»

Annuì. «Se non avessi confessato subito, ti avrei frustata», disse, minacciando lo strumento che più la terrorizzava. «Penso che ti darò una sculacciata una volta per la bugia e una volta per i vestiti.»

Rabbrividì.

«Vieni, andiamo in camera da letto» disse, spingendola ad alzarsi. La cinse con un braccio per guidarla fuori, come se sapesse che le ginocchia le tremavano. «Non svenire davanti a me» le mormorò all'orecchio. Quando raggiunsero la loro stanza, la girò e le slacciò il vestito e il corsetto. «Togliti tutti i vestiti e chinati sul bordo del letto», le ordinò, poi se ne andò. L'aria nella stanza sembrò andarsene con lui. Kitty rimase in piedi nel vuoto, bisognosa della sua presenza nonostante la crescente paura delle sculacciate che le aveva promesso. Con sforzo, mosse il suo corpo rigido, spogliandosi e chinandosi sul letto come lui le aveva ordinato, rabbrividendo per la vulnerabilità della posizione, con il sedere nudo rivolto verso la porta in modo che chiunque fosse entrato o fosse passato di lì mentre suo marito entrava potesse vederlo.

Harry andò a prendere un grosso cucchiaio di legno dalla cucina, attirandosi sguardi stupiti dalla cuoca e dalla cameriera. Aprì la porta della camera da letto e trattenne il fiato alla vista inebriante di sua moglie prostrata sul letto. Era stata proprio questa vista a spingerlo a prenderla prima del matrimonio, accrescendo lo scandalo che aleggiava sul loro fidanzamento.

La sua Lady Westerfield era esasperante, frustrante e

assolutamente adorabile. La amava con tutto il cuore e si rammaricava che le sue azioni l'avessero ferita. Tuttavia, non poteva permettere che la sua cattiva condotta rimanesse impunita. Chiuse la porta e si fermò dietro di lei, accarezzandole la morbida pelle del sedere. «Quanti colpi, Kitty?»

«Dieci?» suggerì speranzosa.

Lui ridacchiò. «Non credo. Diciamo cinquanta per la bugia, e ci occuperemo dei vestiti quando arriveranno. Puoi indossarli e camminare per me. Sai cosa si fa ai cavalli per farli apparire meglio?»

Kitty si voltò a guardare oltre la spalla, con una ruga tra le sopracciglia. «No.»

«Si mette un pezzo di zenzero nel culo. Si chiama figging. Li fa camminare in modo più vivace. Immagino che sarà un'esperienza memorabile.»

«Har-ry» gemette Kitty, nascondendo il viso nella trapunta e stringendo le natiche. Lui soffocò una risata e le diede uno schiaffo sul sedere, il cui suono echeggiò nella stanza mentre il suo corpo assorbiva l'impatto. Le diede altri schiaffi con la mano e poi passò al cucchiaio, agitandolo rapidamente; la piccola superficie rendeva necessario ripetere i colpi a distanza ravvicinata per coprire la metà inferiore del sedere.

«Ahi! Harry!» protestò. Dopo venti schiaffi, Kitty allungò entrambe le mani all'indietro, coprendosi le natiche arrossate, costringendolo a fermarsi di colpo per evitare di colpirle le dita. Abbassò la mira e le diede invece uno schiaffo sulla parte posteriore delle cosce, suscitando un ululato di protesta.

«Kitty, vai a metterti nell'angolo» disse.

Kitty si rialzò di scatto, con aria pentita. «Mi dispiace tanto» implorò, e si affrettò a nascondere il naso all'incrocio delle pareti, con il sedere castigato che mostrava il colore delle sculacciate. «Farò la brava, te lo prometto. Non ti scavalcherò.»

Lui sorrise e dovette farsi forza per non cedere. Dopo averla lasciata aspettare per diversi minuti, le si fermò dietro. «Sciocca, sciocca donna» mormorò, abbracciandola da dietro. Ci volle molta moderazione per non esplorare il suo seno nudo o accarezzarle la pelle setosa, ma la punizione non era finita.

«Mettiti sugli avambracci e sulle ginocchia» ordinò, guidandola verso il letto, godendosi il rossore che le si diffuse sul viso. Obbedì, sollevando i fianchi in quella posizione umiliante, con le ginocchia divaricate a rivelare il tenero cuore rosa del suo sesso. Chiuse gli occhi per raccogliere la sua determinazione e poi iniziò a riapplicarle il cucchiaio sul sedere, sulla parte posteriore delle cosce e persino sulla tenera carne dell'interno coscia. Lei guaiva e gemeva, ma fedele alla sua promessa, rimase immobile come una brava ragazza.

Dopo che i cinquanta colpi furono debitamente assestati, la lasciò in posizione per qualche minuto in più a soffrire nell'umiliazione e nell'attesa di ulteriori punizioni. Quando le toccò la schiena, sussultò. La tirò su un fianco e si tolse le scarpe con un calcio per stringere il corpo intorno al suo.

Lei gli prese la mano e la sollevò per coprirsi il seno, tenendola fermo con la sua. «La tua moglie cattiva è molto dispiaciuta» disse con voce roca.

Lui ridacchiò e le pizzicò un capezzolo.

«Dimmi che mi ami ancora» disse, girandosi verso di lui.

«Certo che ti amo ancora» mormorò. «Mi dispiace di averti ferito con quelle lettere. Solo che... non capivo cosa significassero per te.»

Le lacrime che non aveva versato durante le sculacciate

ora le riempivano gli occhi. Il fatto che fossero arrivate insieme alle sue scuse e non alla sua punizione gli stringeva il cuore. «Per favore, non piangere, mi fa male vederti piangere.»

«Non ci posso fare niente» tirò su col naso, le lacrime le scendevano dagli occhi in diagonale lungo il viso.

«Va bene, va bene, piangi, gattina. Sfogati» disse lui, accarezzandole i capelli e le braccia, stringendola forte finché lei non iniziò a premere i fianchi contro di lui in un modo che non sembrava riflettere tristezza.

Le sfiorò il collo e lei lo guardò, con le ciglia bagnate, ma gli occhi affamati. Lui allungò una mano e le accarezzò il sedere, sentendo il calore delle sue sculacciate. «Questo è il sedere di una moglie molto cattiva. Sai cosa succede alle mogli cattive con il sedere dolorante?»

Lei ridacchiò. «Cosa?»

«Questo è quello che succede» ringhiò lui, stringendole bruscamente le natiche punite mentre si rotolava sopra di lei, soffocandole la bocca con la promessa di un bacio appassionato.

La consegna di tre splendidi abiti da ballo sarebbe stata normalmente un evento emozionante, ma in questo caso, Kitty gemette. «Portali di sopra e mettili nel mio baule» ordinò alla cameriera.

«Non vuole provarli prima?» esclamò la cameriera sorpresa.

Si guardò alle spalle verso lo studio dove suo marito stava leggendo, sperando che non avesse sentito, solo per trovarlo appoggiato alla porta con un sorrisetto soddisfatto. Il suo cuore fece un balzo all'indietro.

«No, non questa volta, grazie», disse in fretta.

«Lasciali sul letto» ordinò Harry alla cameriera, poi le lanciò un'occhiata con le palpebre pesanti. «Non vedo l'ora di vederteli provare per me.»

Strinse le natiche, ricordando chiaramente cosa avesse in mente. «Speravo che te ne fossi dimenticato. Di sicuro mi avrai già perdonato, vero?» Lui si avvicinò e le mise le braccia intorno alla vita, sfiorandole il collo con un bacio. «Certo, tesoro. Ma questo non significa che non manterrò la punizione promessa.»

La sola parola "punizione" le fece battere il cuore più forte contro le costole e schioccò nervosamente le labbra. «Quando? Oggi?»

Lui le rivolse un ampio sorriso, godendosi il suo disagio. «Subito. Non appena faccio un salto in cucina.»

Sollevò il mento, rendendosi conto che non c'era altro da fare che arrangiarsi al meglio. «Va bene. Ti aspetterò di sopra.»

Forse non sarebbe stato così orribile come sembrava. Ma si ritrovò a battere un po' i piedi mentre saliva le scale. Non riusciva a credere che le stesse davvero per infilare lo zenzero nel culo come un cavallo!

La sua cameriera la stava aspettando, con gli abiti stesi sul letto. Uno era blu navy, un altro marrone. L'ultimo era verde scuro. Aveva dato alla sarta degli elementi specifici da includere, ed erano venuti perfettamente.

«Devo aiutarla a togliersi l'abito da giorno, milady?» chiese la cameriera.

Sospirò, voltandosi per offrirle la schiena. «Sì, grazie.» Quando le fu tolto l'abito, disse alla cameriera che Harry l'avrebbe aiutata con il resto. Fortunatamente, non era una dichiarazione così strana, poiché era una mania di suo marito che preferisse essere lui a spogliarla e vestirla. Sorrise pensando all'intensità cupa, alla quasi reverenza con cui la svestiva, come se slacciarle il corsetto fosse un privilegio da assaporare. Sì, a volte la puniva, ma con la stessa passione ed era sempre seguita dalla più tenera cura.

Non vedeva l'ora di ricevere quella punizione, che l'aveva irritata mentre si dirigeva in camera da letto, ma ora l'aveva fatta intenerire. Non poteva essere così orribile se gli aveva fatto brillare gli occhi. Si guardò allo specchio e si tolse le forcine dai capelli, sfregandosi le labbra per farne risaltare il colore naturale. Non si tolse il corsetto, perché le sarebbe servito per provare gli abiti, ma si tolse le mutande, lasciando solo calze e giarrettiere sotto la vita. Poi si rannicchiò sul letto tra gli abiti ad aspettare.

Harry aprì la porta e la guardò con aria di apprezzamento. I suoi occhi si erano oscurati e lei poteva vedere un rigonfiamento che gli copriva i pantaloni. «Ecco la mia gattina», mormorò.

Le andò dritto incontro, chinandosi sul letto per darle un bacio appassionato sulla bocca mentre la sua mano le penetrava nel corsetto per cercarle il seno. Poi si ritrasse bruscamente, scuotendosi, come se non volesse essere distratto. Gettò uno dei vestiti sopra l'altro per farsi spazio e si sedette, dandosi una pacca in grembo. Lei scavalcò obbediente.

Posò la mano sul sedere con un sonoro schiocco e lei sobbalzò. Continuò a colpirle il sedere con le sculacciate.

Quando le colpì la coscia, lei protestò: «Harry! Ingiusto!»

Lui fece una risatina sommessa. «Sì, gattina, ma non ho resistito. Inoltre, potresti preferirlo a quello che verrà dopo.»

Strinse i glutei così forte da sollevare le gambe.

Le diede un pizzico alla natica trattenendola. «Smettila, o ti do una bella lezione. Rilassati» disse, scuotendo la pelle tirata.

Lei rilassò lentamente la contrazione muscolare.

«Così» la incoraggiò calorosamente. Le massaggiò il sedere, facendo sì che il calore formicolante che aveva creato sulla superficie del sedere si diffondesse fino al suo centro. Lei aprì leggermente le cosce nella speranza che potesse ricompensarla lì. Invece, le separò le due natiche, allargandole. Lei sussultò e ricominciò a stringere, ma le diede uno schiaffo proprio tra le gambe, bruciandole il sesso con il rimprovero.

«Ooh!»

Prima che potesse riprendersi, le sue natiche erano divaricate e sentì un oggetto duro e freddo premerle contro l'ano. Si bloccò, ascoltando attentamente.

«Rilassati e apriti», ordinò Harry. Invece ricominciò a stringere, ma lui premette con insistenza, costringendola ad aprirsi per evitare il dolore. Si sentì meglio nel momento in cui entrò, con la stessa sensazione appagante e leggermente spaventosa di avere il suo dito lì: la sensazione di essere troppo piena e troppo eccitata allo stesso tempo. Sentì un leggero bruciore intorno all'ano, dove lo zenzero le toccava la pelle, ma non era troppo fastidioso. Se era questo che aveva in mente, non era poi così male. Tuttavia, non voleva che pensasse di aver fallito, quindi emise qualche altro "oh" e si girò sulle sue gambe, godendosi la sensazione del pene indurito sotto di sé.

«Ci vuole un po' perché inizi a fare effetto», disse, infrangendo le sue speranze di un fallimento. «Quindi penso che ti darò ancora un po' di sculacciate mentre aspettiamo.»

«No!» Scalciò. «Mio signore, non ho bisogno di altre

sculacciate!» Cambiò approccio virando su un tono più allusivo. «Forse potresti pensare a *qualcos'altro?*» Allargò le gambe in grembo a lui.

La ricompensò con un altro schiaffo direttamente sul sesso, che si era inumidito per la stimolazione del suo buco posteriore. «Ah, credo che ti piaccia» osservò, schiaffeggiandola di nuovo lì.

«Cosa te lo fa dire?» scattò, ma il suo corpo l'aveva già tradita. Non solo non aveva chiuso le cosce, ma si stava inarcando verso di lui, come se desiderasse qualsiasi tipo di tocco, anche una sculacciata. Lui obbedì, assestandogli altri rapidi schiaffi, che scossero lo zenzero, creandole un bruciore più intenso e un'eccitazione ancora maggiore. «Harry!» ansimò.

* * *

Harry accarezzò il bellissimo sedere di sua moglie, lasciando che la sua mano le accarezzasse la parte posteriore delle cosce e risalisse. «Sì, gattina?»

Non rispose, ma lui capì che si stava eccitando sempre di più, forse perché la sensazione dello zenzero stava iniziando ad aumentare. Sapeva dagli stallieri che ci voleva mezz'ora perché facesse effetto su un cavallo. Non aveva idea se fosse lo stesso per gli umani, ma l'idea di tenerla in grembo per trenta minuti aveva sicuramente il suo fascino.

Permise alle dita di infilarsi tra le sue cosce, non sorpreso di trovare le pieghe gonfie e viscide. Lei gemette e si ritrasse con impazienza. Lui ridacchiò e le diede un altro leggero schiaffo lì, sapendo dal modo in cui aveva ansimato il suo nome che stava già cercando sfogo. Ma aveva intenzione di farla aspettare. Il che non significava che non potesse stuzzicarla un po'. Le infilò di nuovo le dita tra le gambe, accarezzandole il bocciolo sensibile e spargendo i suoi succhi. Lei si contorse contro il suo pene, che si tendeva per l'eccitazione. Infilando due dita più in profondità, spinse dentro e fuori un paio di volte prima di ritrarsi completamente, suscitando un grugnito di protesta. Le sue impronte erano già sbiadite dal suo sedere, così si mise al lavoro lasciandone di nuove, muovendo contemporaneamente lo zenzero dentro e fuori dal suo buco posteriore con l'altra mano.

Si agitò sempre di più, senza nemmeno protestare quando le diede una pacca sulla parte posteriore delle cosce, cosa che detestava. Si aggrappò alle coperte, strofinandoci il viso come un gatto con l'erba gatta. Lui dovette sforzarsi di calmare il respiro, tanto era forte il suo desiderio di dimenticare il resto della punizione e di passare direttamente alla ricompensa. Con grande sforzo, smise di sculacciare e spingere lo zenzero e le ordinò di alzarsi.

Ci mise molto tempo a obbedire, e lui intuì che la sua mente fosse lontana a giudicare dal mondo in cui il corpo le tremava. Un velo di sudore le si era accumulato sulla parte bassa della schiena mentre lo zenzero le riscaldava le viscere.

Si alzò barcollando con il suo aiuto, il viso arrossato, gli occhi vitrei e selvaggi.

«Sono pronto a vedere gli abiti ora.»

Lo fissò come se le parole avessero percorso una distanza lunghissima per raggiungere il suo cervello, ma poi fece un inchino, mormorando «sì, mio signore» con le labbra molli prima di iniziare a muoversi da un piede all'altro per il disagio. Camminò rigidamente per raccogliere uno degli abiti, uno delizioso in raso verde scuro, che si infilò dalla testa, tornando da lui per farsi aiutare ad abbottonarlo. Si agitò sempre di più mentre lui la allacciava, il respiro sibilava e lei ansimava. Quando l'abito fu allacciato, le diede uno schiaffo sul sedere, sapendo benissimo che avrebbe incastrato ulteriormente lo zenzero. Lei lanciò un grido e sussultò, proprio come avrebbe fatto un cavallo focoso. Sorrise. «Vai e cammina per me, gattina.»

«Camminare?» chiese dubbiosa, con il sudore che le luccicava sulla bella scollatura. Le diede un altro schiaffo e lei sembrò capire esattamente cosa intendesse, allontanandosi rapidamente da lui e poi pavoneggiandosi per la stanza come se fosse davvero un pony da esposizione.

«Bello, bellissimo, cara. Mi piace molto questo vestito. Vuoi mostramene un altro?»

Emise un piccolo gemito, ma obbediente gli si avvicinò, girandosi perché lui potesse sbottonarle il vestito. La aiutò a indossare il secondo e poi il terzo, osservandola mentre faceva diversi giri per la stanza, con un'aria quasi ubriaca per l'agitazione.

Quando si avvicinò per sfilare il terzo vestito, gli cadde tra le braccia. «Oh, Harry», gemette, la nota lasciva nella sua voce lo faceva impazzire di desiderio. «Ho bisogno di te, Harry», implorò.

Sfortunatamente per il nuovo vestito, lui perse la testa, facendo saltare ogni bottone mentre lo strappava sul retro. Le cadde ai piedi in una soffice pozza, calpestata da entrambi mentre lui la faceva girare e la piegava sul letto.

«Per favore, Harry» implorò, infilandosi una mano tra le gambe e strofinandosi freneticamente le dita sul sesso gocciolante mentre lui si sfilava il pene dai pantaloni. «È così caldo», gemette. «Ho così tanto bisogno di te.»

Lui la penetrò senza un altro secondo di esitazione, gemendo per il fatto di essere finalmente dentro la sua guaina calda e gonfia.

«Sì, Harry!» ansimò Kitty, tenendo le dita tra le gambe e

usandole per strofinare freneticamente il suo nodulo di piacere, poi per stringere a forbice il suo pene, procurandogli una nuova sensazione di maggiore tensione mentre entrava e usciva da lei.

Con quel livello di eccitazione, non sarebbe durato a lungo. La batté, la sua pelle schiaffeggiava l'estremità esposta dello zenzero, premendogliela contro il buco posteriore mentre le premeva dentro il suo sesso sensuale.

«Harry... Harry... Harry... *sì*!» cantilenò, dimenandosi sotto di lui mentre le gambe cedevano e raggiungeva l'orgasmo. Non poteva più aspettare, la mungitura dei suoi muscoli lo mandava oltre il limite, facendolo espellere dentro di lei con il suo stesso grido di estasi.

Quando finalmente i loro brividi si furono placati, si staccò da Kitty e la girò. Lei si lasciò cadere all'indietro sul letto come una bambola di pezza, le braccia distese, i folti capelli lucenti che le uscivano a ventaglio dalla testa. Aveva gli occhi socchiusi per la soddisfazione.

Si lasciò cadere accanto a lei, affondando il viso nei suoi capelli setosi. «Dolce gattina», mormorò. «Hai fatto un'esibizione equina spettacolare.»

Fine

OTTIENI IL TUO LIBRO GRATIS!

Iscrivetevi alla newsletter di Renee per ricevere Indomita, scene bonus gratuite e notifiche riguardo a nuove pubblicazioni!

https://subscribepage.com/reneeroseit

Altri libri di Renee Rose

https://reneeroseromance.com/italiano/

Chicago Bratva

Preludio

Il direttore

Il risolutore

Posseduta

Il sicario

Il soldato

L'Hacker

L'allibratore

Il pulitore

Il playboy

Il guardiano

Vegas Underground

King of Diamonds

Mafia Daddy

Jack of Spades

Ace of Hearts

Joker's Wild

His Queen of Clubs

Dead Man's Hand

Wild Card

Un premio per l'Alfa

Una Sfida per l'alfa

Obsession Alfa

Desiderio Alfa

Guerra Alfa

Missione Alfa

Tormento Alfa

Segreto Alfa

La Preda dell'Alfa

Il sole dell'Alfa

Sangue Alfa

La luna dell'Alfa

Giuramento Alfa

La vendetta dell'Alfa

Fuoco Alfa

Salvataggio Alfa

Ordine Alfa

I lupi di Wall Street

Grande capo cattivo – Mezzanotte

Grande capo cattivo – Il folle della luna

Grande capo cattivo - La marchiata

Grande capo cattivo: Gli accoppiati

Grandi orsi cattivi

Il reclamo dell'alfa

Wolf Ranch

Brutale

Selvaggio

Animalesco

Disumano

Feroce

Spietato

Primitivo

Vigoroso

Due Segni

Indomita (gratuito)

Tentazione

Deseada

Sedotta

Wolf Ridge High

Alfa Bullo

Alfa Cavaliere

Fratellastro Alfa

Re Alfa

Bastardo alfa

Dominatori Alfa

La brama dell'Alfa

La punizione dell'Alfa

La promessa dell'Alfa

La protezione dell'Alfa

Padroni di Zandia

L'autore

L'autrice oggi bestseller negli Stati Uniti Renee Rose ama gli eroi alfa dominanti dal linguaggio sboccato! Ha venduto oltre un milione di copie dei suoi romanzi bollenti, con variabili livelli di erotismo. I suoi libri sono comparsi su *USA Today's Happily Ever After* e *Popsugar*. Nominata *Migliore autrice erotica da Eroticon USA* nel 2013, ha vinto come autrice antologica e di fantascienza preferita dello *Spunky and Sassy*, come miglior romanzo storico sul *The Romance Reviews* e migliore coppia e autrice di fantascienza, paranormale, storica, erotica ed ageplay dello *Spanking Romance Reviews*. È entrata dieci volte nella lista di *USA Today* con varie antologie.

Iscrivetevi alla newsletter di Renee per ricevere scene bonus gratuite e notifiche riguardo a nuove pubblicazioni!
https://www.subscribepage.com/reneeroseit

facebook.com/Autrice-Renee-Rose-101548325414563
instagram.com/reneeroseromance

9 781637 205549